COLLECTION FOLIO

P'ou Song-ling

La femme à la veste verte

Contes extraordinaires du Pavillon du Loisir

Traduit du chinois
sous la direction d'Yves Hervouet

Gallimard

Ces contes sont extraits de *Contes extraordinaires du Pavillon du Loisir* (Connaissance de l'Orient n° 16, série chinoise, Éditions Gallimard).

Publié sous les auspices de l'Unesco avec la coopération des experts du conseil international de la philosophie et des sciences humaines et de M. Étiemble, représentant les Éditions Gallimard.

Conformément aux règlements de l'Unesco, cette traduction a été relue par un spécialiste dont le nom est indiqué à la fin de chaque conte après celui du traducteur.

P'ou Song-ling (1640-1715) naît en Chine dans la province du Shandong, au sein d'une famille appauvrie par le goût irrépressible du père de l'écrivain pour l'achat de livres. Son modeste héritage – un lopin de terre, une petite maison –, insuffisant pour assurer sa survie et celle de ses femme et enfants, le conduit à tenter sans succès, et à plusieurs reprises, l'examen de « licencié », qui lui permettrait d'accéder à une carrière mandarinale. Ces échecs successifs le contraignent à accepter des postes de secrétaire, à composer des ouvrages de commande (poème, essai), à être le précepteur occasionnel des enfants de grandes familles de son voisinage. Ces emplois subalternes et ces commandes ponctuelles lui laissent cependant un temps de loisir considérable, malgré la préparation de son examen – qu'il n'obtiendra d'ailleurs jamais –, temps qu'il consacre à l'écriture. Outre son œuvre romanesque, il écrit ainsi notamment des histoires, glanées auprès d'inconnus, comme le rapporte la tradition : il s'installe chaque matin au bord du chemin, avec une jarre de thé et un paquet de tabac, invitant les passants à s'asseoir avec lui afin de lui raconter les histoires extraordinaires qu'ils connaissent. S'il les juge intéressantes, elles deviennent sous son pinceau des contes, au style exceptionnel, une fois qu'il est rentré chez lui pour les coucher sur le papier. Ces histoires, achevées vers 1680, et réunies sous le titre de *Contes extraordinaires du Pavillon du Loisir*, P'ou Song-ling en raconte lui-même les étapes dans sa préface au recueil : « J'aime à rechercher des histoires d'esprits..., j'aime que les gens me racontent des histoires de revenants. Pendant mes loisirs, j'ai confié ces histoires à mon pinceau et j'en fis un recueil ; avec le temps, les amis des quatre points cardinaux m'en envoyèrent également, ce qui fit que j'en accumulai un plus grand nombre encore. » Les histoires de P'ou Song-ling sont des contes fantastiques, où il est question de magie (*Le taoïste de la Secte du Lotus Blanc*), de revenants (*La demoiselle Mei*), d'esprits animaux – daims (*Houa-kou-tseu*), insectes (*La femme à la veste verte*), renards (*La quatorzième demoiselle Sin*) – qui prennent l'aspect d'hommes et de femmes, dans la grande tradition littéraire des conteurs chinois. P'ou Song-ling se démarque de cette tradition par son art remarquable d'introduire des événements extraordinaires dans le contexte parfaitement réaliste de la vie quotidienne en Chine à la fin du XVIIe siècle, dans le registre des péripéties de l'amour et de la vie familiale notamment (*Chan-hou, Kong Mong-pi*).

Chan-hou

Le lettré An Ta-tch'eng de la ville de Tch'ong-k'ing (sur le Yang-tseu, dans l'ouest de la Chine) avait depuis longtemps perdu son père qui avait été reçu aux examens provinciaux et son frère Eul-tch'eng était encore tout jeune.

Le lettré avait épousé une jeune fille de la famille Tch'en dont le prénom était Chan-hou (Corail). Chan-hou était fort maltraitée par sa belle-mère, la Dame Chen, cruelle et sans cœur, mais elle n'en montrait nul ressentiment et très tôt chaque matin, fardée et les sourcils peints, elle s'en allait saluer sa belle-mère. Un jour que le lettré était malade, Dame Chen lui reprocha une coquetterie qu'elle jugeait déplacée en l'état de son mari. Chan-hou se retira et reparut après avoir ôté ses fards. Plus irritée encore, la belle-mère fit une crise de nerfs.

Le lettré qui avait toujours montré beaucoup de piété filiale corrigea sa femme sur-le-champ.

Sa mère se calma quelque peu mais dès lors elle détesta davantage sa bru et bien que celle-ci la servît avec diligence, elle cessa de lui adresser la parole.

Devant l'irritation de sa mère, le lettré abandonna la chambre conjugale en signe de désaccord. Les choses allèrent ainsi quelque temps, mais la mère restait de méchante humeur, grondait sa bru à chaque occasion, laissant entendre que tout ce qui allait de travers était de la faute de Chan-hou.

Le lettré An se dit un jour : « Quand on épouse une femme, c'est pour qu'elle serve sa belle-mère. Puisque ce n'est pas le cas de la mienne, à quoi bon la garder ? » Sur quoi il renvoya Chan-hou chez ses parents sous la conduite d'une vieille.

La porte du village à peine franchie, Chan-hou s'écria en pleurant : « Comment une femme qui n'a pas su être une bonne épouse oserait-elle reparaître devant son père et sa mère ? Mieux vaut mourir. » Là-dessus elle sortit de sa manche une paire de ciseaux et se frappa à la gorge. Tandis que le sang jaillissait et trempait sa robe, la vieille s'empressa de lui porter secours et l'amena chez une tante du lettré. Celle-ci, la veuve Wang, vivait seule et Chan-hou demeura chez elle.

La vieille revint chez le lettré qui lui recommanda de ne pas souffler mot de l'incident et trembla en pensant que sa mère pourrait l'apprendre. Quelques jours plus tard, ayant su que Chan-hou était guérie, il se rendit jusqu'à la porte de sa tante pour prier celle-ci de refuser asile à sa femme.

La Dame Wang l'invita à entrer chez elle, mais il s'y refusa et de l'extérieur cria à Chan-hou de s'en aller. Chan-hou parut aussitôt et demanda à son mari quelle faute elle avait commise. Le lettré lui reprocha de ne pas avoir su servir sa mère. Alors Chan-hou se tut et, courbant la tête, pleura des larmes amères qui trempèrent sa robe blanche. Son mari, malgré tout ému, se tut et s'en alla.

Cependant, après quelques jours, la mère de An Ta-tch'eng apprit ce qui s'était passé. Elle s'en alla fort en colère chez la tante Wang à qui elle dit de dures paroles. Mais celle-ci prit les choses sur le même ton et riposta en énumérant ses méchancetés. Puis elle ajouta : « Depuis que vous avez chassé votre belle-fille, celle-ci n'est plus rien pour vous. J'ai recueilli une fille de la famille Tch'en et non une bru de la famille An, pourquoi vous mêler des affaires d'autrui ? »

Devant tant de fermeté, la mère du lettré, furieuse mais ne trouvant rien à répondre, pleura de dépit et s'en retourna.

Chan-hou, bouleversée par cette scène, voulut chercher un autre refuge. Or le lettré avait une autre vieille tante, sœur aînée de sa mère, la Dame Yu. Agée de plus de soixante ans, elle avait perdu son fils et il ne lui restait plus que sa belle-fille et un petit-fils encore en bas âge. Elle avait toujours montré beaucoup d'affection pour Chan-hou, qui s'en fut donc habiter chez elle.

Après s'être informée auprès de Chan-hou, la Dame Yu blâma le manque de jugement et la dureté de sa sœur et voulut aussitôt lui renvoyer sa belle-fille.

Celle-ci s'y refusa de toutes ses forces, la supplia de ne rien dire de sa présence et finalement demeura chez la Dame Yu telle une bru chez sa belle-mère.

Chan-hou avait deux frères aînés qui pleins de pitié voulurent la ramener à la maison paternelle et la remarier. Mais Chan-hou s'y refusa avec obstination. Tout ce qu'elle souhaitait, c'était de demeurer chez la Dame Yu et d'y gagner sa vie en filant.

Depuis que le lettré An avait chassé sa femme, sa mère s'était efforcée de lui chercher une autre épouse, mais sa réputation de dureté était telle qu'elle ne trouvait personne à mille lieues à la ronde.

Trois ou quatre années passèrent. Le frère cadet Eul-tch'eng avait grandi et fut marié. Sa femme Tsang-kou était une sorte de mégère plus orgueilleuse et plus dure encore que sa belle-mère. À peine celle-ci laissait-elle paraître quelque humeur que sa belle-fille la prévenait déjà par ses cris.

D'un naturel craintif, Eul-tch'eng n'osait prendre parti entre les deux femmes. La belle-mère perdit bientôt toute autorité, elle ne se risquait plus à contrarier sa nouvelle belle-fille ; au contraire, dès qu'elle l'apercevait, elle lui faisait bon visage. Mais cela ne désarmait pas Tsang-kou qui se mit à la traiter en domestique. Le lettré n'osait rien dire et se contentait d'aider sa mère dans les soins du ménage, lavant les plats et balayant toute la maison. Parfois, quand la mère et le fils se trouvaient seuls, tous deux se regardaient en pleurant.

Bientôt la mère tomba malade de fatigue et de chagrin et dut garder le lit. Le lettré, qui devait l'aider dans ses moindres mouvements, ne dormait plus ni jour ni nuit et ses yeux étaient rouges d'insomnie. Il demanda alors à son jeune frère de le relayer auprès de leur mère, mais à peine Eul-tch'eng fut-il entré que Tsang-kou le rappela.

Alors le lettré courut chez la Dame Yu en espérant que celle-ci pourrait venir prendre soin de sa sœur. À peine arrivé, il fit en pleurant le récit de la situation et il n'avait pas encore terminé quand Chan-hou parut. Le lettré, plein de honte, se tut et voulut se retirer. Mais Chan-hou étendit ses bras en travers de la porte comme pour lui barrer le chemin. Le lettré, confus et bouleversé, parvint tout de même à se glisser au-dehors et retourna chez lui où il n'osa pas rapporter l'incident à sa mère.

À quelque temps de là, la Dame Yu se présenta à la grande joie de la mère qui la retint auprès d'elle. Dès lors, de la maison de la Dame Yu arrivait chaque jour quelque gâterie. La Dame Yu avait beau faire dire à la veuve sa belle-fille qu'elle ne manquait de rien et qu'il ne fallait rien lui faire parvenir, les envois continuaient comme auparavant. La Dame Yu n'y goûtait d'ailleurs point et les remettait chaque fois à sa sœur dont l'état s'améliorait peu à peu.

Un jour le petit-fils de la Dame Yu vint de la part de sa mère prendre des nouvelles de la malade à qui il apportait quelques galettes. La Dame Chen dit en soupirant :

« Comme votre belle-fille est bonne ! Qu'avez-vous donc fait pour la mériter ?

— La belle-fille que vous avez forcée à partir n'était-elle pas aussi bonne ? lui répondit la Dame Yu.

— En vérité, elle était moins mauvaise que la femme de mon fils cadet, mais pas aussi bonne que votre belle-fille.

— Tout le temps qu'elle vécut chez vous, vous

n'avez pas connu la fatigue ; vous vous mettiez en colère et elle ne se plaignait pas. Comment ne valait-elle pas ma bru ? »

Alors la Dame Chen pleura, avoua ses remords et demanda :

« Chan-hou est-elle remariée ?

— Je ne sais pas, je m'en informerai », dit la Dame Yu.

Quelques jours plus tard, la malade se trouvant guérie, la Dame Yu voulut retourner chez elle, mais sa cadette s'écria tout en larmes.

« Je mourrai si vous partez. »

La Dame Yu s'en fut alors consulter le lettré An et il fut décidé de diviser la maison en deux parts, l'une pour lui-même et l'autre pour son jeune frère.

Mais lorsque Eul-tch'eng en eut prévenu Tsang-kou, celle-ci mécontente s'en prit à son beau-frère et à la Dame Yu. Pour l'apaiser, le lettré proposa alors de laisser les meilleures terres de la famille à son cadet et Tsang-kou se montra satisfaite de cet arrangement. Lorsqu'on eut établi l'acte de partage, la Dame Yu rentra chez elle et dès le lendemain envoya chercher la Dame Chen en voiture. À son arrivée, la Dame Chen demanda tout d'abord à voir la belle-fille de la Dame Yu et loua grandement sa vertu tandis que la Dame Yu protestait :

« Ma belle-fille a beaucoup de qualités, mais

elle a aussi ses défauts dont je sais m'accommoder. Mais vous, si vous aviez une telle belle-fille, vous ne sauriez point l'apprécier.

— Quelle calomnie ! Voulez-vous donc dire que je n'ai pas plus de sens qu'un objet ou un animal ? Ne suis-je pas faite comme tout le monde ?

— Je ne sais ce que peut penser de vous cette Chan-hou que vous avez chassée, reprit Dame Yu.

— Elle ne peut que dire du mal de moi.

— Si vous n'aviez rien à vous reprocher, comment pourrait-elle dire du mal de vous ?

— Chacun a ses petits travers. Je sais bien que je n'ai pas toujours été bonne et qu'elle ne peut faire mon éloge.

— Quand celui qui a pourtant lieu de se plaindre se tait, on peut juger de sa vertu. Quand celui qui a lieu de s'en aller demeure, on peut juger de son affection. Or celle qui envoyait tant d'excellentes choses chez vous n'était pas ma belle-fille mais la vôtre. »

Au comble de la surprise, Dame Chen s'écria : « Comment cela ?

— Chan-hou habite chez moi depuis fort longtemps. Tout ce qu'elle a envoyé, elle l'a gagné elle-même en filant chaque nuit. »

À ces paroles, la Dame Chen pleura beaucoup et dit : « Comment oserais-je la revoir ? »

Alors la Dame Yu appela Chan-hou qui parut

tout en larmes elle aussi. Elle se prosterna tandis que sa belle-mère se cognait le front par terre de honte et de chagrin jusqu'à ce que sa sœur l'arrêtât.

Elles redevinrent belle-mère et bru.

Dame Chen et Chan-hou retournèrent chez elles une dizaine de jours plus tard. Cependant les maigres arpents de terre qui leur restaient ne pouvaient assurer leur existence. Il fallait désormais compter sur le pinceau du lettré et sur l'aiguille de sa femme.

Eul-tch'eng, lui, était riche mais il ne se souciait pas d'aider son frère qui d'ailleurs ne voulut rien lui demander. Quant à Tsang-kou, elle n'avait que mépris pour cette belle-sœur qui s'était laissé chasser de la maison. De son côté, Chan-hou déplorait sa méchanceté, mais ne prêtait pas attention à elle.

Les ménages des deux frères n'étaient séparés que par une cour et parfois Tsang-kou cherchait quelque querelle, mais chacun se bouchait les oreilles pour ne pas l'entendre ; Tsang-kou se rattrapait alors sur son mari et sur ses servantes.

Un jour une de celles-ci s'étant pendue, son père porta plainte contre Tsang-kou. Eul-tch'eng se présenta devant le magistrat à la place de sa femme et fut puni d'une bastonnade tandis que Tsang-kou était tout de même jetée en prison.

Le lettré remua ciel et terre pour la faire libérer, mais ce fut sans résultat.

Les doigts de Tsang-kou furent meurtris dans les fers et son juge, un homme cupide et cruel, réclama une très grosse somme que Eul-tch'eng dut emprunter en mettant ses terres en gage. Ce n'est que lorsque l'argent fut versé que sa femme lui fut rendue.

Cependant son créancier se montrait chaque jour plus pressant, et Eul-tch'eng dut se résoudre à vendre toutes ses bonnes terres au vieux Jen, un notable du village.

Une moitié de ces terres ayant été cédée par l'aîné des frères au cadet, le vieillard Jen voulut que la signature de Ta-tch'eng figurât aussi sur l'acte de vente.

Le lettré s'étant donc rendu chez le vieillard, celui-ci s'écria soudain comme se parlant à lui-même : « Je suis An, le lauréat des examens provinciaux, quel est ce nommé Jen qui prétend acheter mon bien ? » Puis s'adressant au lettré, il reprit : « L'enfer, ému par ta piété filiale et par celle de ton épouse, a permis que je te revoie un instant. »

Le lettré tout en larmes s'écria : « Père, si vous en avez le pouvoir, sauvez vite mon jeune frère.

— Fils rebelle et méchante bru ne méritent point de pitié. Retourne en hâte chez toi et prends de l'argent pour racheter le bien de nos ancêtres. »

Le lettré répondit : « Ma mère et moi pouvons tout juste nous suffire, où trouver assez d'argent ?

— Un trésor est caché sous notre myrte. Tu pourras l'utiliser. »

Le lettré voulut poser d'autres questions, mais le vieillard s'était déjà tu. Un instant plus tard, il sembla sortir d'un rêve et, tout hébété, ne se souvenait plus de rien.

Le lettré rentra prévenir sa mère qui eut quelque peine à le croire. Quant à Tsang-kou qui avait pris quelques hommes avec elle, elle faisait déjà fouiller le sol à l'endroit indiqué. On creusa à quelque quatre ou cinq pieds de profondeur mais on ne trouva que des pierres et des briques, rien qui ressemblât à un trésor, et Tsang-kou déçue s'en retourna.

Tandis que Tsang-kou partait faire creuser le sol, le lettré avait demandé à sa mère et à sa femme de ne pas la suivre. Apprenant qu'on n'avait rien découvert, la mère se rendit elle-même sur place sans rien dire à personne mais elle aussi ne vit que des pierres, des briques mêlées à la terre et s'en revint.

Cependant, Chan-hou alla voir à son tour et trouva la terre remplie de lingots d'argent. Elle appela aussitôt son mari pour qu'il expérimentât la chose lui-même. Celui-ci, ne voulant pas garder pour lui seul ce legs des ancêtres, appela Eul-tch'eng avec qui il partagea le trésor en parties égales. Ce trésor représentait précisément le double de l'argent emprunté. Chacun mit ce qui lui revenait dans un sac et rentra chez lui.

Quand Eul-tch'eng et sa femme voulurent examiner leur richesse, ils découvrirent à leur stupéfaction que leur sac était plein de terre et de débris de tuiles. Tsang-kou pensa que Eul-tch'eng avait été trompé par son frère et lui dit d'aller jeter un coup d'œil chez celui-ci. Le lettré était justement en train d'étaler son argent sur une petite table et lui et sa mère se félicitaient de cette bonne fortune. Eul-tch'eng rapporta exactement à son frère ce qui lui était arrivé.

Surpris et plein de pitié, l'aîné offrit toute sa part à son cadet. Celui-ci se réjouit, remboursa sa dette et admira la bonté de son frère. Cependant Tsang-kou déclara que ce trait prouvait mieux encore la duplicité de son beau-frère, car si celui-ci avait eu bonne conscience, comment aurait-il consenti à céder sa propre part ? Eul-tch'eng ne savait plus que penser.

Or le lendemain, le créancier envoya un de ses serviteurs pour dire que l'argent reçu en paiement de sa dette était faux et qu'il allait s'en plaindre au magistrat.

Mari et femme pâlirent et Tsang-kou déclara : « Voyez ! J'avais bien dit que votre frère n'était pas si bon, il veut vous perdre. »

Plein de crainte, Eul-tch'eng s'en fut supplier son créancier, mais la colère de celui-ci ne se calma que lorsque Eul-tch'eng lui eut laissé les titres de propriété afin qu'il pût disposer des terres.

Eul-tch'eng reprit donc ses lingots et en les examinant de près, il s'aperçut que deux d'entre eux qui avaient été brisés étaient composés d'un bloc de cuivre qu'enveloppait une feuille d'argent aussi mince qu'une pelure d'oignon. Tsang-kou et son mari résolurent de garder les lingots brisés et de renvoyer les autres au frère aîné pour voir ce qu'il adviendrait. Tsang-kou recommanda à son mari de dire à son frère :

« Vous nous avez maintes fois manifesté votre bonté et nous ne voulons pas en abuser. Nous désirons vous exprimer notre gratitude en ne conservant que deux de vos lingots. Il nous reste encore autant de terre qu'à vous, cela doit nous suffire, aussi ai-je renoncé à dégager les autres, ce sera à vous de décider de leur rachat. »

Le lettré qui ignorait les intentions de son frère refusa d'abord fermement de reprendre les lingots, mais Eul-tch'eng se montra si résolu qu'il dut céder.

Les lingots pesés, il manquait cinq onces sur le total de la somme nécessaire au rachat des terres et le lettré la compléta en demanda à Chan-hou d'engager sa dot. Puis il se rendit avec l'argent chez le créancier. Celui-ci, craignant qu'il ne s'agisse des lingots de Eul-tch'eng, les vérifia en les coupant par le milieu. Le titre en était régulier et suffisant. Le créancier les accepta donc en échange des actes de propriété.

Après avoir rendu les lingots à son frère, Eul-tch'eng s'attendait à quelque incident. En apprenant le rachat des terres, son étonnement fut donc grand. Quant à Tsang-kou, elle soupçonna que son beau-frère avait dissimulé de vrais lingots au moment de la fouille et, furieuse, courut chez lui. Là elle s'en prit violemment au lettré, qui comprit enfin pourquoi elle et son mari lui avaient rendu les lingots.

Cependant, Chan-hou s'avança et dit en souriant : « Pourquoi vous fâcher puisque les terres nous sont rendues ? » Puis elle pria son mari de remettre les titres à Tsang-kou.

Une nuit, Eul-tch'eng rêva que son père lui faisait des reproches : « Mauvais fils et mauvais frère, tes jours sont comptés. Tu n'auras bientôt plus un pouce de terre, à quoi bon vouloir t'emparer de celles des autres ? »

À son réveil, Eul-tch'eng déclara à Tsang-kou qu'il allait rendre ses terres à son frère, mais sa femme se moqua de sa sottise.

Eul-tch'eng avait deux garçons de sept et de trois ans et bientôt l'aîné fut emporté par la petite vérole. Tsang-kou, effrayée à son tour, dit à Eul-tch'eng de rendre les titres à son frère, mais le lettré à plusieurs reprises refusa de les accepter. Peu après, le second enfant mourut. Les craintes de Tsang-kou se firent plus vives et elle porta elle-même les titres de propriété à sa belle-sœur.

À la fin du printemps, les terres que le cadet ne voulait plus labourer étaient envahies par l'herbe et le lettré dut se résoudre à les faire cultiver.

Dès lors Tsang-kou changea de conduite. Désormais, en bru soumise, elle se rendit régulièrement auprès de sa belle-mère ; elle témoigna aussi de beaucoup de respect à sa belle-sœur.

Six mois plus tard, la mère mourut. Tsang-kou, affligée, pleura au point d'en perdre l'appétit. Elle répétait à chacun : « En mourant si tôt, ma belle-mère m'empêche de la servir comme je l'aurais voulu ; le ciel ne permet pas que je rachète mes fautes. »

Tsang-kou eut dix enfants, mais elle ne put en élever aucun. Aussi les enfants de son beau-frère devinrent-ils également les siens.

Le lettré et sa femme vécurent très longtemps. De leurs trois fils, deux devinrent plus tard licenciés. Chacun vit là une rétribution pour la piété filiale et pour l'amour fraternel dont ils avaient fait preuve.

Tr : M. Mme Guillermaz.
Rv : M. Kaltenmark.

La quatorzième demoiselle Sin

Dans les années de l'empereur Tcheng-tö (1506-1521), il y avait dans la ville de Kouang-p'ing[1] un lettré nommé Fong. Fong était jeune et léger et ne dédaignait pas le vin.

Un jour, se promenant par hasard aux premières lueurs de l'aube, il fit la rencontre d'une jeune fille vêtue de rouge dont le visage était beau et d'une grande finesse. Suivie d'une petite esclave, elle marchait en hâte dans la rosée qui trempait ses chaussures d'étoffe et ses bas et le cœur de notre lettré s'emplit aussitôt pour elle d'un secret amour.

Le même soir, comme il rentrait chez lui un peu gris et qu'il longeait un vieux temple depuis longtemps abandonné, il vit une femme en sortir. C'était précisément la belle inconnue du matin. À la vue du lettré, elle fit demi-tour

1. Une sous-préfecture de la province du Hopei.

et retourna à l'intérieur de l'édifice. Le lettré se demanda sans trouver de réponse ce qu'elle pouvait bien faire dans ce temple bouddhiste et, ayant attaché son âne à la porte, il s'avança pour jeter un coup d'œil sur l'étrangeté du lieu. Les murs en étaient tout délabrés et l'herbe couvrait les marches comme un tapis. Comme il était là tout hésitant, un vieil homme à cheveux gris, proprement vêtu et la tête couverte, parut et lui demanda d'où il venait.

À sa question, le lettré répondit : « Je suis tombé par hasard sur cet ancien temple et j'aimerais le visiter. Mais comment vous trouvez-vous là vous-même ?

— Je n'ai point de logis, répondit l'homme. Errant çà et là, je me suis installé ici pour quelque temps avec le peu que j'ai. Puisque j'ai l'honneur de votre visite, un peu de thé de la montagne nous tiendra lieu de vin. » Puis il fit respectueusement entrer son invité.

Derrière le sanctuaire se trouvaient une cour et une allée de dalles luisantes que les herbes folles n'avaient pas encore envahie.

La chambre du vieillard où ils entrèrent était garnie de rideaux et meublée d'un lit à courtines. Un brouillard d'encens environnait les arrivants qui, après s'être assis, s'informèrent réciproquement de leurs noms.

« Mon humble nom est Sin », dit le vieillard.

L'ivresse donna au lettré le courage de parler : « J'ai ouï dire que vous aviez une fille qui n'a pas encore trouvé un compagnon digne d'elle. Bien que j'en sois indigne, je souhaiterais lui offrir une petite table garnie d'un miroir[1].

— Laissez-moi d'abord consulter ma femme », répondit le vieillard en riant.

Le lettré demanda alors un pinceau et écrivit le poème suivant :

Contre mille onces d'or j'échangerai un mortier de jade
Dont je vous ferai l'hommage empressé.
Si Yun-ying daigne l'accepter[2]
J'écraserai pour elle le baume divin.

L'hôte remit le poème à quelqu'un de son entourage et au bout d'un moment une suivante vint lui parler à l'oreille.

Sin se leva et invitant son hôte à l'attendre dis-

1. C'est-à-dire lui faire un cadeau de fiançailles.
2. Un lettré nommé P'ei Hang qui passait près d'un pont, le Pont Bleu, demanda à boire à une vieille dame qui se trouvait là. Celle-ci dit à sa fille Yun-ying d'apporter de l'eau à P'ei Hang qui, ému par la beauté de la jeune fille, la demanda aussitôt en mariage. La vieille dame lui dit : « J'ai de quoi faire un breuvage céleste mais il me manque un mortier de jade pour le préparer. Procurez-le moi et vous aurez Yun-ying. » P'ei Hang put trouver le mortier désiré dans lequel il pila pendant cent jours une drogue céleste grâce à laquelle tous trois devinrent immortels.

parut derrière un rideau. On entendit quelques bruits de voix indistincts et le vieillard réapparut bientôt. Le lettré espérait quelque heureuse réponse mais après s'être rassis, le vieillard continua à parler et à rire sans reprendre le sujet.

À bout de patience, le lettré demanda enfin : « Je ne discerne pas encore vos intentions. Ayez la bonté de mettre fin à mon incertitude.

— Vous êtes certes un lettré de grand mérite et votre réputation m'est depuis longtemps connue mais j'ai un secret que j'hésite à vous livrer », répondit Sin.

Le lettré l'ayant pressé de questions, le vieillard reprit :

« J'ai dix-neuf filles, douze sont mariées. C'est ma femme qui s'est chargée de leur établissement auquel je n'ai pris aucune part.

— Je souhaite épouser celle que j'ai vue ce matin marchant dans la rosée, suivie d'une esclave », dit alors Fong.

Sin ne répondit pas et tous deux restèrent un moment silencieux. De l'intérieur parvenaient des murmures et des chuchotements et finalement, encouragé par le vin, le lettré souleva le rideau en s'écriant : « Si je ne puis l'épouser, apercevoir son visage au moins une fois consolera mon chagrin. »

Au bruit du rideau tiré, toutes les personnes qui se trouvaient derrière se levèrent pleines d'effroi. Il y avait effectivement la jeune fille vêtue de rouge : ses hautes coques se penchèrent tandis qu'elle secouait ses manches et que, la taille bien droite, elle rajustait sa ceinture. L'apparition de Fong provoquait la panique dans toute la pièce. Quant au vieillard, il était fort en colère et ordonna à ses gens de chasser de force le lettré.

Plus que jamais gris, Fong tomba parmi les ronces tandis que des pierres et des tuiles s'abattaient dru comme grêle, tout autour de lui, sans toutefois l'atteindre. Après être resté allongé un instant, il entendit son âne qui continuait à paître l'herbe au bord du chemin. Il se releva alors et enfourcha sa monture qui s'avança en bronchant. Au milieu des ténèbres épaisses, Fong s'égara dans une vallée que hantaient les loups, où criaient les hiboux ; la peur lui donnait la chair de poule et lui gelait le cœur.

Indécis, il regardait de tous côtés, perdu, quand il aperçut dans le lointain une lumière qui scintillait au milieu des bois touffus. Après s'être demandé si c'était bien un village, il courut finalement dans cette direction et devant ses yeux s'éleva bientôt une haute demeure dont il cogna la porte avec son fouet.

De l'intérieur quelqu'un demanda : « D'où vient le noble seigneur pour arriver ici en pleine nuit ? »

Le lettré ayant répondu qu'il avait perdu son chemin, la voix reprit : « Attendez que je prévienne ma maîtresse. » Le lettré se fatiguait à attendre comme la grue sur son pied quand soudain il entendit qu'on agitait des clefs et la porte s'ouvrit. Un robuste domestique sortit et se chargea d'emmener l'âne. Fong entra dans une élégante demeure dont la grande salle était tout éclairée.

Il était assis depuis un instant quand une femme parut et s'informa de son nom. Un moment se passa puis plusieurs servantes s'avancèrent, soutenant une vieille dame, et annoncèrent :

« Voici la princesse. »

Le lettré se leva et voulut se prosterner devant la vieille dame qui l'en empêcha et le fit se rasseoir en demandant : « N'êtes-vous pas le petit-fils de Fong Yun-tseu ? »

Le lettré répondit affirmativement. « Vous êtes donc mon petit-neveu. Hélas ! Mes jours touchent à leur fin comme l'eau qui achève de s'écouler dans la clepsydre, et dans mes relations avec la famille je me suis tenue beaucoup trop à l'écart.

— Je suis resté orphelin de bonne heure et de ceux qui sont ma famille du côté de mon grand-père paternel, je ne connais pas un sur dix. Aussi je ne vous ai jamais présenté mes respects. Pouvez-vous me parler de la famille ?

— Mais si, vous la connaissez », dit la vieille dame.

Le lettré n'osa plus rien demander et demeura un moment assis en face d'elle tout pensif.

« Pourquoi êtes-vous venu jusqu'ici en pleine nuit ? » reprit-elle.

Le lettré, fier de sa hardiesse, lui conta son aventure dans tous ses détails.

« C'est magnifique ! dit en riant la vieille dame. L'illustre lettré que vous êtes est sans doute digne de ce mariage, mais comment la renarde sauvage peut-elle montrer tant de suffisance ? Ne vous inquiétez pas, je vais arranger cela adroitement. »

Le lettré remercia respectueusement sa grand-tante qui, s'adressant à sa suite, remarqua :

« Je ne savais pas que les filles Sin étaient si belles.

— Elles sont dix-neuf, toutes sont très gracieuses et distinguées mais quel est dans cette série le rang de celle que vous avez choisie ? dit une des suivantes.

— Celle qui paraît un peu plus de quinze ans.

— C'est donc la quatorzième, reprit la servante qui ajouta pour sa maîtresse : Elle est venue il y a trois jours avec sa mère vous féliciter pour votre anniversaire, l'avez-vous donc oubliée ?

— Est-ce celle qui marchait sur des chaussures à hauts talons ornés de pétales de lotus, bourrés de poudre parfumée[1] et qui portait un léger voile ? » dit la vieille dame.

La servante ayant répondu affirmativement, elle reprit : « Cette petite sait vraiment se faire remarquer et déployer ses charmes. Elle est évidemment fort gracieuse, mon neveu ne manque point de goût. » Puis elle ordonna : « Que l'on envoie une petite renarde la chercher[2]. »

La servante acquiesça puis au bout d'un moment revint annoncer : « La quatorzième demoiselle Sin », et l'on vit aussitôt paraître une jeune fille vêtue de rouge qui se prosterna devant la dame.

Mais celle-ci la retint en disant :

« Vous serez bientôt ma petite-nièce, ne me saluez plus comme une servante. » Elle se releva alors avec grâce en laissant retomber ses manches rouges tandis que la vieille dame lui arrangeait les cheveux et touchait ses boucles d'oreille en disant : « Que fait ces temps-ci la quatorzième demoiselle dans la demeure des femmes ?

— Quand j'ai le temps, je fais de la brode-

1. Il s'agit de talons creux dans lesquels on plaçait une poudre parfumée.

2. Il s'agit bien entendu de renardes changées en femmes.

rie », répondit en un murmure l'intéressée, et ayant tourné la tête et aperçu le lettré, elle parut timide et embarrassée.

« C'est mon petit-neveu qui est bien déterminé à vous épouser pour de bon. Pourquoi lui a-t-on fait perdre son chemin ? Il a dû courir toute la nuit dans la vallée. »

La jeune fille baissa la tête sans mot dire.

« Si je vous ai fait appeler, ce n'est pas pour autre chose que pour arranger le mariage de mon neveu. »

La quatorzième demoiselle Sin restait toujours silencieuse.

La vieille dame ordonna de préparer la chambre nuptiale afin que le mariage se fît sur-le-champ.

« Je m'en retourne prévenir mes parents, dit timidement la jeune fille.

— Puisque c'est moi qui m'occupe de votre mariage, quelle erreur pourrait-il y avoir ?

— Mes parents ne sauraient vous désobéir, mais moi je préfère mourir plutôt que d'agir avec tant de hâte même pour vous plaire.

— Cette jeune fille a beaucoup de caractère, dit la vieille dame en riant. Elle mérite véritablement de devenir la femme de mon neveu. » Alors elle ôta de la chevelure de la jeune fille une épingle d'or en forme de fleur qu'elle tendit au lettré en lui disant de retourner chez lui et de choisir une date favorable à l'heureux événement. Elle fit ensuite raccompagner la jeune fille par une servante.

Comme on entendait un chant de coq dans le lointain, la princesse fit reconduire le lettré et envoya chercher son âne. Fong sortit. S'étant retourné après quelques pas, il vit que village et maison avaient disparu. À leur place ne restaient plus que d'épais sapins noirs et des tombes abandonnées couvertes d'herbes folles. Après un moment d'hésitation, il reconnut l'endroit. C'était le tombeau du ministre Siue, un des frères cadets de sa grand-mère paternelle. Il comprit alors pourquoi la vieille dame l'avait appelé son petit-neveu et il sut aussi qu'il avait eu affaire à des fantômes. Cependant il ignorait encore à quelle espèce appartenait la quatorzième demoiselle.

Le lettré rentra chez lui en soupirant. Il choisit à tout hasard un jour favorable et attendit, sans trop compter sur une promesse de fantôme. Entre-temps, il retourna au temple dont il retrouva les bâtiments vides de tout habitant. Les gens de l'endroit auprès desquels il s'informa lui dirent que l'on y voyait souvent des renards. Le lettré songea sans se l'avouer que s'il pouvait épouser la belle inconnue, peu lui importait après tout qu'elle fût un renard changé en femme.

À la date choisie, il fit préparer sa maison et balayer le chemin qui y conduisait tandis que ses serviteurs guettaient à tour de rôle la venue de la fiancée. Mais à minuit tout était encore silencieux et le lettré avait perdu tout espoir. Un instant après, il y eut un grand tapage. Le lettré se chaussa pour sortir et vit qu'une voiture aux rideaux brodés venait de s'arrêter dans la cour. Deux servantes soutenaient une jeune fille assise sous le dais bleu de la voiture. Le trousseau de la nouvelle venue ne semblait pas très important, un coffre fendu, de la grandeur d'une jarre, que deux serviteurs à longue barbe portaient sur l'épaule et qu'ils posèrent dans un coin de la grande salle.

Le lettré, tout heureux d'accueillir une si belle compagne, ne douta plus qu'elle n'appartînt à sa propre espèce et il lui demanda : « Pourquoi votre famille se soumet-elle à l'esprit d'un mort ?

— Le ministre Siue, qui retourne rarement à son tombeau, est aujourd'hui inspecteur des cinq capitales et sur plusieurs centaines de lis, tous les fantômes et tous les renards sont sous ses ordres », répondit la jeune fille.

Le lettré n'oublia pas celle qui avait arrangé son mariage et s'en alla dès le lendemain faire un sacrifice devant sa tombe. À son retour, il trouva chez lui deux jeunes filles qui lui offrirent des lingots d'argent et des pièces de brocart qu'elles posèrent sur une petite table avant de s'en aller. Le lettré montra les cadeaux à sa femme qui s'écria en les voyant : « Cela vient de la Princesse. »

Cependant, dans le même district de Kouang-p'ing habitait un jeune seigneur nommé Tch'ou. C'était le fils d'un inquisiteur. Il avait été camarade d'études du lettré et ils étaient restés liés. Ayant su que Fong avait épousé une renarde devenue femme, il s'en vint un jour chez son ami, apporta quelques plats de chez lui et tous deux montèrent dans la grande salle pour y boire. Quelques jours après cette visite, le jeune seigneur Tch'ou écrivit à son ami pour l'inviter à son tour. En l'apprenant, la jeune femme dit à son mari : « L'autre jour quand votre ami est venu, je l'ai observé par un trou dans le mur. Il a des yeux de singe et un nez semblable à un bec d'épervier. Ne le voyez pas trop souvent. Mieux vaudrait ne pas aller chez lui. » Le lettré promit ce qu'on lui demandait.

Le lendemain, le jeune seigneur Tch'ou s'en vint chez le lettré pour lui reprocher de ne pas s'être rendu à son invitation. Puis il lui montra une de ses nouvelles compositions littéraires mais le lettré en fit des remarques moqueuses et le jeune homme, très mortifié, s'en fut, mécontent.

Le lettré rapporta la chose en riant à sa femme

qui lui dit avec tristesse : « Ce jeune seigneur est féroce comme un loup. Il faut vous en tenir à l'écart. Si vous ne m'écoutez pas, il vous arrivera quelque malheur. »

Le lettré la remercia toujours en riant mais il conserva l'habitude de voir le jeune seigneur Tch'ou, de bavarder et de plaisanter avec lui et le souvenir de ce fâcheux incident se dissipa peu à peu.

Quand vint l'époque des examens officiels, le jeune seigneur Tch'ou fut reçu le premier. Très fier de son succès, il envoya un serviteur inviter le lettré chez lui. Celui-ci se déroba d'abord mais l'invitation ayant été renouvelée à plusieurs reprises, il dut finalement accepter. En arrivant, Fong apprit que c'était l'anniversaire de son hôte. Les invités emplissaient la grande salle et l'on servit un banquet fastueux. Tch'ou montra au lettré sa copie d'examen que ses parents et ses amis se pressèrent pour admirer. On but de nombreuses coupes, on fit de la musique dans la salle. Dans le tumulte du tambour et de la flûte, hôte et convives se réjouissaient. Le jeune seigneur s'adressa tout à coup à Fong : « Selon un dicton, il faut éviter de parler de littérature sur la place publique mais je sais aujourd'hui que c'est une erreur et je dirai que si j'ai eu l'honneur d'être reçu avant vous, c'est que ma composition était légèrement supérieure à la vôtre par son début. » Quand il eut fini de parler, tous les convives approuvèrent ses paroles, sauf le lettré qui, déjà gris, ne put s'empêcher de s'écrier avec un grand rire : « Vous vous croyez donc toujours autant de talent ? »

À ces mots, tous les invités perdirent contenance et, tandis que le jeune seigneur s'étranglait de honte et de colère, ils s'en allèrent peu à peu. Le lettré lui aussi s'esquiva et, bientôt dégrisé, regretta ses paroles. Comme il avouait la chose à sa femme, celle-ci lui dit avec humeur : « Vous vous êtes conduit aussi étourdiment qu'un campagnard. Vis-à-vis d'êtres supérieurs, une conduite aussi méprisante vous diminue vous-même ; vis-à-vis d'êtres vulgaires, elle est dangereuse. Maintenant, le malheur pour vous n'est pas loin ; je ne pourrai supporter le spectacle de votre ruine et je vous prie de me laisser repartir. »

Plein de crainte et de remords, le lettré pleura.

La jeune femme reprit : « Si vous désirez que je reste auprès de vous, il faut qu'il soit bien convenu entre nous que désormais vous fermez votre porte, cessez de voir les gens et renoncez à vos excès de boisson. » Le lettré s'empressa de suivre ces conseils.

La quatorzième demoiselle était diligente, économe et décidée et passait ses journées à coudre et à tisser. Parfois elle s'en allait voir ses parents mais rentrait toujours le même soir. Il lui arrivait de placer de petites sommes dans de petites affaires. Quand elle avait gagné un peu d'argent, elle le glissait dans la fente du coffre. Elle tenait ordinairement sa porte fermée et faisait éconduire par ses gens tous les visiteurs qui se présentaient.

Un jour arriva une lettre du seigneur Tch'ou et elle la brûla sans en parler à son mari. Mais le lendemain, le lettré, s'étant rendu à la ville pour assister à des funérailles, y rencontra dans la maison du défunt le jeune seigneur Tch'ou. Celui-ci le prit par le bras et l'invita avec insistance. Le lettré s'excusa en invoquant d'autres obligations mais Tch'ou fit saisir par un palefrenier la bride de sa monture et le conduisit chez lui presque de force.

À l'arrivée, il fit préparer des coupes accompagnées de quelques plats. Le lettré voulut se retirer de bonne heure, tandis que son hôte insistait pour le retenir et faisait venir des servantes pour jouer du luth. Le lettré, assez porté au libertinage et depuis longtemps claustré chez lui où il s'ennuyait ferme, saisit cette occasion inattendue de bien boire et de s'amuser gaiement, oublia tout le reste et s'enivra. Puis il s'endormit appuyé contre la table.

Le seigneur Tch'ou avait une femme qui venait de la famille Jouan. Elle était si méchante et si jalouse que les concubines et les servantes n'osaient pas même se farder. La veille, elle avait surpris une des servantes dans le cabinet de lecture de son maître et l'avait frappée si rudement avec un bâton que la servante, la tête fendue, était morte sur-le-champ.

Or le jeune Tch'ou, qui n'avait oublié ni les railleries ni le mépris du lettré, songeait chaque jour à sa vengeance. C'est ainsi qu'il avait fait le dessein de l'enivrer, puis de l'accuser injustement. Il profita donc de son ivresse et de son sommeil pour faire porter le cadavre de la servante près d'un lit qui se trouvait là, puis s'en alla en tirant la porte.

Le lettré sortit des fumées de vin vers la cinquième veille et s'aperçut alors seulement qu'il s'était endormi contre la table. Il se leva et, cherchant le lit pour s'y étendre, il trébucha sur quelque chose de mou qu'il toucha, c'était un corps humain. Il pensa que son hôte avait envoyé un jeune serviteur pour veiller sur lui. Cependant, l'ayant secoué, il vit qu'il ne bougeait point et qu'il était tout raide. Fort effrayé, il sortit en poussant des cris. Palefreniers et domestiques se levèrent, portèrent de la lumière et, ayant aperçu le cadavre, ils s'emparèrent du lettré qu'ils bousculèrent dans leur colère.

Tch'ou accourut, s'informa et accusa aussitôt

le lettré d'avoir tué la servante après avoir voulu abuser d'elle. Le lettré fut conduit à Kouang-p'ing. Ce n'est que le jour suivant que sa femme apprit ce qu'il était devenu, elle dit alors en pleurant : « Je savais bien que tout cela devait arriver. » Chaque jour elle faisait envoyer un peu d'argent à son mari. Cependant, celui-ci ne pouvait donner aucune explication au magistrat et on le torturait matin et soir pour obtenir ses aveux si bien que sa peau et sa chair tombaient en lambeaux.

Un jour, sa femme alla lui rendre visite et le lettré, à sa vue, oppressé par le chagrin, ne put sortir un mot. Cependant, elle savait qu'il était tombé dans un piège, trop profond pour en sortir, et elle lui conseilla d'éviter la torture en reconnaissant ce dont on l'accusait faussement. Le lettré en larmes résolut de l'écouter.

Cependant, la quatorzième demoiselle Sin avait conservé le pouvoir de se rendre invisible dans ses déplacements.

Rentrée chez elle, elle soupira d'abord de chagrin puis elle décida d'expédier sa servante en mission. Après être demeurée seule quelques jours, elle pria aussi une vieille femme de lui acheter une jeune fille de bonne famille appelée Lou Eul. Lou Eul était en âge d'être mariée. Son visage était beau. Elle partageait le lit et les repas de sa maîtresse qui la traitait avec une faveur particulière.

Le lettré, qui avait avoué son crime supposé, devait être étranglé. Un des domestiques l'apprit et vint le dire, d'une voix brisée par l'émotion, à sa maîtresse qui accueillit cette nouvelle avec calme et y sembla indifférente.

Lorsque furent fixées les exécutions de l'automne, la jeune femme commença à s'animer, partant le matin, rentrant le soir, sans cesse en mouvement. Lorsqu'elle était seule, il lui arrivait souvent de sangloter de chagrin et de perdre le sommeil et l'appétit.

Un matin de très bonne heure, la servante-renarde qu'elle avait envoyée en mission revint tout à coup. Sa maîtresse se leva immédiatement pour la prendre à l'écart et s'entretenir avec elle, puis reparut souriante et rayonnante et se mit comme de coutume à mettre de l'ordre dans sa maison.

Le lendemain un des domestiques se rendit à la prison et le lettré le chargea de prier sa femme de venir lui dire un dernier adieu. Au domestique qui s'acquittait de ce message, la femme du lettré répondit sans émotion. Elle ne montra nul chagrin et affecta même un air détaché et indifférent et entre eux les domestiques remarquèrent son insensibilité.

Soudain, une rumeur circula dans les rues :

le grand inquisiteur Tch'ou, le père du jeune seigneur, venait d'être privé de ses titres et un inspecteur de P'ing-yan avait reçu l'ordre d'examiner le cas du lettré Fong. Un serviteur apporta tout joyeux cette nouvelle à sa maîtresse, qui se réjouit également et qui envoya aussitôt quelqu'un s'informer au Yamen. Le lettré qui avait déjà quitté la prison s'y trouvait. Il fut tout à la fois rempli de joie et de tristesse à la vue du messager.

Un instant plus tard, on amena le jeune seigneur Tch'ou qu'on venait d'arrêter. Il avoua tout dès le premier interrogatoire et le lettré, qu'on relâcha aussitôt, rentra chez lui. Il pleura abondamment en revoyant sa femme qui était aussi très triste. Mais la peine des époux se changea bientôt en joie.

Cependant, le lettré ignorait comment l'Empereur avait été informé de son cas. Sa femme lui désignant la servante lui dit : « Voici celle à qui en revient tout le mérite. » Le lettré, s'étant étonné, apprit bientôt ce qui s'était passé.

Son épouse avait tout d'abord envoyé la servante à Yen (actuel Pékin), la capitale, et jusqu'au palais impérial pour dénoncer la fausse accusation portée contre le lettré. Mais à son arrivée, elle avait trouvé le palais gardé par des génies et avait dû errer pendant plusieurs mois le long des fossés de l'enceinte sans pouvoir pénétrer à l'intérieur. Craignant de ne pouvoir agir à temps, la servante se préparait à retourner consulter sa maîtresse, lorsqu'elle avait appris que le Fils du Ciel devait se rendre à la ville de Ta-t'ong (au nord du Chansi, près de la Grande Muraille). Elle l'y précéda donc, déguisée en chanteuse ambulante. Le Fils du Ciel se rendit dans la maison de plaisir où elle se trouvait et elle reçut ses faveurs. Cependant, alors que l'Empereur mettait en doute sa véritable qualité de courtisane, elle se mit à pleurer. Le souverain lui demanda alors la cause de son chagrin : elle dit qu'elle était originaire de Kouang-p'ing, qu'elle était la fille d'un certain lettré Fong, que son père, qui allait mourir en prison à cause d'une accusation calomnieuse, l'avait vendue à cette maison de plaisir. L'Empereur, ému de tristesse, lui remit cent onces d'argent et, avant de la quitter, l'interrogea longuement, notant par écrit son nom et son prénom, ajoutant enfin qu'il voulait partager avec elle sa gloire et ses richesses. Elle répondit qu'elle désirait seulement être réunie à son père et ne souhaitait point d'honneurs. L'Empereur s'éloigna en souriant.

La servante fit part de tout cela au lettré qui se hâta de se prosterner devant elle tandis que des larmes brillaient dans ses yeux.

À quelque temps de là, la femme du lettré dit soudain à son mari : « Si je ne vous avais pas aimé, comment aurais-je souffert ? Lorsqu'on vous a arrêté, j'ai couru chez tous nos parents mais il n'y en a pas un qui m'ait donné même un conseil. Je ne puis vous dire ce que fut alors mon désespoir. Aujourd'hui, je déteste plus que jamais le monde. J'ai trouvé pour vous une compagne parfaite et puis désormais m'éloigner. »

À ces mots, le lettré pleura et se prosterna sans vouloir se relever. Sa femme demeura donc et la même nuit, elle envoya Lou Eul auprès de son mari qui ne voulut pas la recevoir.

Le lendemain matin, le visage de la quatorzième demoiselle semblait avoir perdu un peu de son éclat. Au bout d'un mois, elle paraissait avoir vieilli et six mois plus tard, son visage était terne comme celui d'une vieille paysanne. Mais le lettré lui gardait autant de respect et de fidélité.

La femme parla de nouveau de s'en aller en ajoutant : « Maintenant que vous avez une belle compagne, pourquoi garder une épouse aussi hideuse qu'un démon ? » Le lettré se désola comme la première fois.

Un mois passa encore. La femme tomba gravement malade, cessa de manger et de boire, maigrit et ne quitta plus sa chambre. Le lettré lui apporta des bouillons et des remèdes comme il eût fait pour son père et sa mère. Ni les prêtres ni les médecins ne se montrèrent efficaces et bientôt elle s'éteignit. Le chagrin du lettré fut extrême.

Avec l'or que lui donna la servante, le lettré lui fit des funérailles. Quelques jours plus tard, la servante partit.

Le lettré Fong épousa finalement Lou Eul qui, un an plus tard, lui donna un fils. En revanche, il échoua à ses examens et devint encore plus pauvre. Les époux étaient à bout d'imagination et tous deux se désolaient.

Le lettré se souvint un jour du coffre fendu qui était resté dans un coin de la grande salle et dans lequel la quatorzième demoiselle glissait souvent de l'argent et se demanda s'il y était encore. Alors il s'approcha de l'endroit où il se trouvait autrefois et le découvrit au milieu de toutes sortes de grands pots de sauce de soja et de sel, tous à peu près pleins. Il essaya de glisser dans la fente une baguette qui heurta quelque chose de dur et ne put entrer. Il le brisa donc tandis qu'une grande quantité d'or, d'argent s'en échappait. Le lettré était tout d'un coup très riche.

Plus tard, un des domestiques qui se rendait à T'ai-houa[1] y rencontra la quatorzième demoi-

1. Une des cinq montagnes sacrées de la Chine, le Houa-chan, montagne de l'Ouest, non loin de l'ancienne capitale Sian.

selle montée sur une mule noire suivie de sa servante montée sur un âne. La quatorzième demoiselle lui demanda des nouvelles du lettré Fong et le chargea de dire à celui-ci qu'elle figurait désormais dans le livre des immortelles et sur ces paroles elle disparut.

Tr. : M. Mme Guillermaz.
Rv. : M. Hervouet.

Le taoïste de la Secte du Lotus Blanc

Il y avait au Chansi un taoïste de la Secte du Lotus Blanc ; son nom est tombé dans l'oubli : sans doute était-ce un disciple de Siu Hong-jou. Il abusait les gens par ses maléfices mais de ceux qui admiraient son art, beaucoup s'étaient mis à son école.

Un jour, sur le point de partir en voyage, il installa dans sa grande salle une cuvette qu'il recouvrit par une autre. Puis il recommanda à un de ses disciples d'en assurer la garde sans rien soulever pour regarder. Cependant, après son départ, le disciple souleva la cuvette du dessus et vit que celle dessous était remplie d'une eau claire sur laquelle flottait une petite barque de paille tressée avec sa voile et son mât. Plein de curiosité, il s'amusa à la toucher avec le doigt mais sa main la renversa. Alors il se hâta de la relever et de recouvrir la cuvette.

Soudain le maître revint et, fort irrité, reprocha au disciple de lui avoir désobéi et lorsque celui-ci se dressa pour se défendre, il s'écria : « Il n'y a qu'un instant, mon bateau a chaviré en pleine mer. Comment penses-tu pouvoir me tromper ? »

Un autre soir, il alluma une haute bougie dans la grande salle et dit au disciple d'être attentif à ce que le vent ne l'éteignît pas. Lorsque le tambour battit la deuxième veille, le maître n'était pas encore de retour. À la limite de la fatigue, le disciple s'étendit sur sa couche pour prendre un peu de repos. Quand il s'éveilla, il vit que la bougie était éteinte et il se leva précipitamment pour la rallumer.

Le maître enfin rentra et lui fit de nouveaux reproches.

« Je n'ai certainement pas dormi, protesta le disciple. Comment la bougie aurait-elle pu s'éteindre ?

— Tout à l'heure, par ta faute, j'ai dû marcher plus de dix lis dans l'obscurité, dit le maître en colère. Comment peux-tu mentir encore ? » Le disciple fut fort effrayé. Des faits aussi étranges étaient si nombreux qu'on ne peut les rapporter tous.

Par la suite, une des concubines favorites du taoïste eut des relations intimes avec le disciple. Le maître s'en aperçut mais n'en fit rien paraître. Un jour il envoya le disciple nourrir ses cochons et le changea en porc dès qu'il fut entré dans l'enclos. Puis il le fit abattre sur-le-champ par un boucher et il en vendit la viande sans que personne n'en sût rien. Le père du disciple, ne voyant pas rentrer son fils, s'en alla s'informer chez le maître qui le renvoya en affirmant que le jeune homme n'était pas venu depuis longtemps. Rentré chez lui, le père continua ses recherches sans résultat.

Or un des condisciples du fils qui était seul à savoir la vérité la révéla au père et celui-ci s'en alla porter plainte devant le magistrat de la cité. Le magistrat craignant que le taoïste ne pût s'enfuir par quelque ruse n'osa pas l'arrêter aussitôt et il fit un rapport à l'autorité supérieure demandant mille soldats pour cerner la maison du coupable. Le taoïste ainsi que sa femme et son fils furent arrêtés et tous trois enfermés dans une cage.

Comme on les amenait à la capitale et que l'on traversait les monts T'ai-hang, un géant aussi haut qu'un arbre parut soudain. Ses yeux avaient la taille d'une coupe à boire, sa bouche était large comme une cuvette et ses dents étaient longues d'un pied. Les soldats effrayés n'osaient plus avancer.

« C'est un mauvais génie, dit le taoïste, ma femme va le repousser. »

On le crut et l'on détacha la femme. Mais

celle-ci s'étant dirigée vers le géant, une pique sur l'épaule, fut aussitôt avalée par le monstre furieux. L'épouvante de tous s'accrut.

« Il a fait périr ma femme, dit le taoïste. C'est donc qu'il y faut mon fils. » On libéra donc le fils que le géant dévora encore.

Chacun se regarda ne sachant que faire. Pleurant de rage, le taoïste s'écria alors : « Il a tué et ma femme et mon fils. Comment pourrais-je l'accepter ? C'est moi seul qui dois le combattre. »

On le sortit alors de la cage et on l'arma d'un couteau pour l'envoyer au combat tandis que le géant plein de fureur venait à sa rencontre. Une brève lutte et bientôt le géant saisit le taoïste qu'il porta à sa bouche et avala, le cou tendu. Puis il disparut sans se presser.

Tr. : M. Mme Guillermaz.
Rv. : M. Hervouet.

Kong Mong-pi

Lieou Fang-houa était un habitant de Pao-ting (au Hopei). Il était réputé dans toute la ville pour son immense patrimoine. Il se plaisait à recevoir et à traiter généreusement ses hôtes, et il y en avait souvent cent à s'asseoir à sa table. Il répondait d'urgence aux besoins urgents et n'était pas à mille pièces d'or près. Bien rares étaient les emprunteurs, hôtes ou amis, qui le remboursaient. Un seul d'entre eux, Kong Mong-pi, du Chensi, ne lui avait, de toute sa vie, jamais rien soutiré. Chaque fois qu'il venait, il demeurait une année entière. Sa parole comme sa pensée était toute aisance et distinction, et presque toujours Lieou partageait sa chambre avec lui. Ho, le fils de Lieou, qui, à ce moment-là, arborait les deux petits chignons, coiffure des adolescents, traitait Kong comme un oncle. Et celui-ci prenait plaisir à partager les jeux du jeune homme. Quand Ho rentrait de classe, ils s'amusaient souvent à arracher des dalles, pour enterrer des cailloux, qui figuraient de l'or caché. Dans cinq des pièces de l'habitation, ils avaient creusé un peu partout et constitué des cachettes. Et chacun riait de ces enfantillages pour lesquels seul Ho se passionnait et qui le faisaient aimer Kong plus tendrement qu'aucun des autres habitués de la maison.

Dix ans plus tard, la famille commença à s'appauvrir et il n'était plus possible de satisfaire aux nombreuses sollicitations des invités, qui, du coup, peu à peu se raréfièrent. Toutefois, il était encore fréquent que dix personnes et plus se trouvassent ensemble à bavarder et à faire bonne chère toute la nuit.

Vers la fin de l'année, les fonds de Lieou s'amenuisaient de jour en jour. Il ne lui restait qu'à vendre peu à peu ses terres, et l'argent ainsi obtenu servait à l'achat de la nourriture.

Ho, lui aussi, était très gaspilleur. Comme son père, qui ne lui faisait subir aucune contrainte, il s'était lié avec de nombreux jeunes gens et en avait fait ses amis. Lorsque Lieou tomba malade et mourut, Ho était dans une situation telle qu'il n'était pas à même de faire face aux dépenses des funérailles. Kong arriva alors, les poches remplies d'or, et il régla les affaires de son défunt ami, ce qui augmenta la reconnaissance de Ho à son égard, qui, pour toutes choses grandes ou petites, s'en référait à l'oncle Kong.

De temps en temps, Kong revenait, il extirpait de ses manches des morceaux de tuile et des graviers, et il en répandait dans les coins sombres des appartements ; c'était tout à fait inexplicable. Bien des fois, Ho se plaignit à lui de son état de pauvreté. Et Kong rétorquait : « Mon enfant, tu ignores combien il est difficile et pénible de travailler. À quoi bon te donner dix pièces d'or : tu les dépenserais en un rien de temps. Ce qui est mal pour un homme, c'est de ne pas savoir se suffire à soi-même ; la pauvreté, elle, n'est pas un mal. »

Un jour, Kong fit ses adieux, disant qu'il avait à s'éloigner. Ho lui recommanda en pleurant de revenir vite. Kong le lui promit, puis partit. Le jeune homme, trop pauvre pour pouvoir subvenir à ses propres besoins, dut mettre ses affaires en gage peu à peu, jusqu'à ce qu'il ne possédât plus rien. Il espérait, de jour en jour, que Kong viendrait le tirer d'embarras. Mais de celui-ci, pas la moindre ombre ni trace : il avait disparu comme la grue jaune de la légende[1].

Lorsque Lieou vivait encore, il avait fixé pour

1. La grue est l'animal, symbole de la longévité, qui emporte dans l'au-delà les saints qui, par leur vertu, ont mérité de devenir immortels.

son fils un mariage dans la noble famille Houang de Wou-ki (à une centaine de kilomètres de Pao-ting). Celle-ci, quand elle apprit la ruine de Lieou, cacha les regrets qu'elle éprouvait de s'être engagée, mais, à l'annonce de sa mort, se garda bien d'exprimer ses condoléances. Cela pouvait paraître excusable, car ils habitaient extrêmement loin.

Lorsque Ho eut fini son temps de deuil, sa mère l'exhorta à se rendre lui-même chez son futur beau-père, afin de fixer la date des épousailles ; elle comptait aussi sur sa sympathie et son aide. Quand Ho arriva, M. Houang entendit dire que ses vêtements et ses chaussures étaient élimés et percés, il ordonna au portier de ne pas le faire entrer, et de lui transmettre ces mots : « Retournez chez vous chercher cent pièces d'or, alors vous pourrez revenir ; sinon, je vous prie de mettre fin dès ce jour à notre engagement. » En entendant cela, Ho pleura amèrement. Une vieille dame nommée Lieou qui habitait en face le prit en pitié et le fit entrer chez elle pour lui offrir un repas. Puis, elle lui remit trois cents pièces d'argent et lui conseilla de repartir.

Sa mère fut également désolée et furieuse, mais qu'y pouvait-elle ? Elle songea à leurs anciens hôtes dont la plupart, huit ou neuf sur dix, leur devaient de l'argent. « Choisis, lui dit-elle, les plus fortunés, et recherche leur aide.

— Mais, dit Ho, ceux qui nous fréquentaient auparavant le faisaient à cause de notre fortune. Si ton fils menait grand train, ah ! il ne lui serait pas difficile d'emprunter mille pièces d'or. Mais dans une situation comme la nôtre, qui voudra se souvenir de nos bienfaits et de nos bonnes relations de jadis ? Quand mon père prodiguait ses biens, c'était toujours sans aucun acte de garantie ou de reconnaissance. Si nous demandions un remboursement, il serait peu commode de fournir des preuves. »

Toutefois comme sa mère le pressait d'agir, il se conforma à ses instructions. Plus de vingt jours après, il n'avait pas rapporté une seule sapèque. Seul, l'acteur Li Sseu, un de leurs anciens obligés, quand il fut au courant, leur fit parvenir, par sens du devoir, une unique pièce d'or. La mère et le fils sanglotaient douloureusement. Et, dès lors, ils perdirent tout espoir.

Mlle Houang Yin venait d'atteindre l'âge de porter l'épingle de tête ; quand elle sut que son père avait rompu avec son prétendant, en son cœur, elle ne lui donna pas raison. Et comme il désirait pour elle un autre hymen, elle lui dit en pleurs : « Le seigneur Lieou, à sa naissance, n'était pas un pauvre ! Si par hasard, il doublait maintenant son ancienne fortune, qui aurait encore l'audace de m'arracher à lui ? Le rejeter à cause de son dénuement, c'est manquer à l'honneur ! »

M. Houang, mécontent, essaya par mille détours de la convaincre, mais sa fille resta jusqu'au bout inébranlable. Ses parents se fâchèrent pour tout de bon ; du matin au soir, ils lui crachaient au visage et la maudissaient ; malgré tout cela, la jeune fille ne perdait pas son calme.

Une nuit, des bandits survinrent pour les piller. Les époux Houang, torturés, brûlés, furent laissés presque morts, et tout dans leur maison fut anéanti : il ne leur restait plus rien. Pendant trois longues années la famille alla en déclinant. C'est alors qu'un marchand des pays de l'Ouest, ayant entendu parler de la beauté de la jeune fille, proposa d'envoyer cinquante pièces d'or en gage de fiançailles. Houang, que cette offre intéressait, l'agréa. Il se promettait d'user de la force pour briser la volonté de sa fille. Mais celle-ci eut vent de ce qui se tramait. Elle cessa toute toilette et se barbouilla le visage. Puis, une nuit, profitant de l'obscurité, elle s'enfuit.

Elle mendiait sa nourriture le long du chemin. Après deux longs mois de marche, elle atteignit Pao-ting. Elle s'enquit de la demeure de Ho et s'y rendit tout de suite. La mère de Ho la prit pour une pauvresse et voulut la mettre à la porte. La jeune fille s'expliqua en sanglotant ;

alors la mère lui saisit la main et, en larmes elle aussi, l'interrogea : « Enfant, qu'est-il arrivé que vous en soyez réduite à cet état ? » La jeune fille, dont la douleur redoublait, lui raconta ce qui lui était arrivé. Alors, la mère et son fils pleurèrent ensemble. Puis on la fit se baigner et s'arranger. Elle revint, les yeux et les sourcils brillants, le visage éclatant de beauté et la mère et son fils se réjouirent ensemble.

Il y eut désormais à la maison trois bouches à nourrir, aussi ne faisait-on chaque jour qu'un seul repas. La mère disait en pleurant : « Mon fils et moi, nous nous devons d'endurer notre sort ; ce qui me chagrine, c'est de le faire partager à ma bonne belle-fille. » La jeune femme la consolait, et riait : « La jeune mariée a connu la vie des mendiants. Si elle la compare avec sa vie d'aujourd'hui, elle sent une aussi grande différence qu'entre l'enfer et le ciel. » Et la mère en était réconfortée.

Un jour, la jeune femme pénétra à l'intérieur d'un bâtiment vide de leur demeure. Elle vit, à terre, des gerbes d'herbes coupées, compactes, qui ne laissaient pas la moindre latte de plancher nue. Elle avança peu à peu vers la salle intérieure au milieu des tas de poussière, et là dans les coins sombres, elle heurta du pied des piles d'objets. Elle les ramassa, les examina : ce n'était que lingots d'or. Stupéfaite, elle courut chercher Ho. Ensemble, ils revinrent examiner les lieux : les cailloux et les morceaux de tuile que jadis Kong Mong-pi avait négligemment laissé tomber, s'étaient tous transformés en or. Il se prit à penser au temps de son enfance où il s'amusait à enterrer des pierres sous les parquets, ne seraient-elles pas également muées en or ? Son ancienne maison, qu'il avait louée à son voisin de l'est, vite il la lui reprit. Là où les dalles étaient abîmées ou manquantes, on ressortait telles quelles les pièces qu'il avait cachées. Ah ! quelle cruelle déception vint briser son espoir ! Il poursuivit, souleva d'autres dalles encore, et alors se montra à sa vue un nombre fabuleux de barres d'or, de l'or le plus éblouissant. Instantanément il fut classé parmi les plus grands favoris de la fortune !

Alors il reprit possession de ses terres et de sa propriété, il acheta des serfs, loua des serviteurs. Sa maison eut encore plus bel aspect que jadis. Cependant, il s'exhortait intérieurement à conquérir son indépendance, afin que l'oncle Kong n'eût pas honte de lui. Il s'obligea à vivre retiré chez lui pour étudier pendant trois années, au bout desquelles il triompha à l'examen du village. Il alla alors personnellement, muni de cent pièces d'or, remercier la vieille dame Lieou. Ses habits étincelants attiraient les regards. Sa suite était composée de plus de dix hommes qui caracolaient sur des chevaux, fougueux comme des dragons. La vieille dame avait un logement exigu : Ho très simplement dut s'asseoir sur le bord du lit, dans le vacarme causé par les cavaliers et leurs montures, qui retentissait dans la ruelle.

Après la fugue de sa fille, M. Houang avait été obligé par le marchand de l'Ouest à restituer l'argent donné en gage de mariage. Or il en avait déjà dépensé la moitié. Pour rembourser, il fut dans l'obligation de vendre sa demeure. Et il se trouva dans le même état d'indigence qu'avait connu Ho. Ayant appris l'éclatante prospérité de celui qui le premier lui avait été promis pour gendre, il vivait enfermé chez lui, plein de dépit.

Mme Lieou se procura du vin et prépara un repas pour recevoir Ho. Elle lui dit la belle conduite dont avait fait preuve Mlle Houang, tout en déplorant sa fuite. Puis elle demanda au jeune homme s'il s'était marié. Il répondit affirmativement, et la pressa, le repas achevé, de venir voir sa jeune femme ; il l'emmena donc au retour dans sa voiture. Arrivés chez lui, ils en virent sortir, soutenue et encadrée par de nombreuses suivantes, la jeune femme, parée d'une robe somptueuse, telle une Immortelle. Ce fut un grand étonnement pour les deux femmes de se retrouver. Elles se racontèrent l'une à l'autre ce qui leur était arrivé ; Yin s'enquit de ses parents. La vieille dame séjourna chez eux plusieurs jours, pendant lesquels elle reçut un accueil particulièrement généreux. Après lui avoir complètement renouvelé sa garde-robe, on la fit escorter jusqu'à sa demeure.

Elle s'empressa d'aller porter aux Houang des nouvelles très détaillées en même temps qu'elle leur transmettait les civilités de leur fille. Le vieux couple demeurait abasourdi. Elle l'exhorta à aller se réfugier auprès de Yin. M. Houang avait l'air très gêné.

Vint un temps où il ne put plus supporter le froid et la faim, et où il fut contraint de se rendre à Pao-ting. Arrivé au superbe et vaste hôtel de Ho, il eut affaire à un concierge qui le regarda, ébahi et furieux et de qui il ne put obtenir durant la journée entière l'autorisation de pénétrer. Une femme sortit. Il en profita pour lui demander avec d'humbles paroles d'aller secrètement prévenir sa fille qu'il était là. Peu après la femme se montra à nouveau et l'introduisit dans un petit salon d'attente en disant : « Madame a le plus grand désir de vous voir, mais craignant que le seigneur ne le sache, elle attend une occasion. À quelle heure êtes-vous arrivé, Monsieur ? N'avez-vous pas faim ? » Après que Houang lui eut raconté ses malheurs, elle disposa devant lui quelques mets et une coupe de vin ; elle y ajouta cinq pièces d'or.

« Le seigneur est à la maison, en train de dîner, il est possible que Madame ne puisse venir. Il est préférable que vous vous échappiez demain de fort bon matin, afin de ne pas être surpris par le maître. »

M. Houang acquiesça. Il était très tôt le lendemain quand il se leva et emporta son bagage. Il trouva la porte cochère encore fermée. Installé sur son baluchon, il attendit abrité par le porche. Soudain, à grands fracas, le maître de céans s'apprêta à sortir de chez lui. Il aperçut Houang qui tentait de se cacher pour l'éviter. Surpris, il demanda quel était cet homme. Comme les domestiques ne le savaient pas, Ho se mit en colère et dit que ce devait être quelqu'un de louche, et qu'il faudrait le faire comparaître au tribunal. En écho à ces paroles, tous s'emparèrent de cordes et se firent fort de l'attacher à un arbre. Le malheureux Houang, honteux et craintif, ne soufflait mot. Quelques instants plus tard, parut la femme de la veille. Elle mit un genou en terre et s'excusa : « C'est mon oncle, il est arrivé si tard hier soir que je n'ai pu vous avertir, maître. » Ho ordonna alors de le relâcher. En accompagnant Houang jusqu'à la rue, elle lui expliqua qu'elle avait oublié de le recommander au concierge, ce qui avait provoqué cet incident fâcheux. Elle ajouta : « Madame vous fait dire que la vieille dame pourra venir quand elle le désirera. Qu'elle se déguise en marchande de fleurs et se fasse accompagner de Mme Lieou.

— Bien », dit M. Houang.

À son retour, il mit sa femme au courant et comme celle-ci était anxieuse de revoir sa fille, elle alla trouver Mme Lieou, et toutes deux se rendirent ensemble chez les Ho.

Après avoir franchi plus de dix portes, elles atteignirent l'appartement de Yin. Celle-ci portait au sommet de la tête un chignon orné de perles et d'émeraudes, et était habillée de fine soie. La senteur du parfum qu'elle employait embaumait tous ceux qui l'approchaient. Au moindre signal de sa voix, grandes et petites soubrettes accouraient de toutes parts. On apporta un divan et des accoudoirs pour les visiteuses, et les servantes offrirent le thé avec diligence. La mère et la fille, en des phrases à sous-entendus, se questionnaient sans en avoir l'air. Elles se regardèrent longuement, avec des larmes dans les yeux. Et quand arriva le soir, on prépara une chambre à coucher pour les deux vieilles dames. Mme Houang, du temps de sa splendeur, n'avait jamais eu un matelas aussi moelleux, des couvertures aussi soyeuses. Yin, plusieurs jours de suite, témoigna à sa mère une attentive sollicitude. Celle-ci l'entraînait fréquemment en aparté pour donner libre cours à ses larmes tandis qu'elle évoquait ses erreurs passées. Sa fille lui disait :

« Entre une mère et son enfant quelle faute ne saurait être oubliée ? Par contre, l'indignation de mon mari n'est pas encore apaisée. Il ne faut pas qu'il soit au courant de votre venue. »

Aussi, chaque fois que Ho approchait, la vieille dame s'esquivait. Mais un jour qu'elles se trouvaient assises côte à côte, il entra à l'improviste. En les apercevant, il s'emporta et fit des remontrances : « Quelle est cette créature, cette villageoise qui a l'audace de se placer tout contre madame ? Ah ! elle mériterait qu'on lui arrache tous les cheveux ! »

Mme Lieou intervint à la hâte :

« C'est Mme Wang, une de mes parentes. Je serais trop heureuse si vous ne la blâmiez pas d'être venue vendre des fleurs. »

Ho fit un salut et s'excusa :

« Madame, vous êtes arrivée il y a quelques jours, je suis si occupé qu'il ne m'a pas encore été possible de bavarder un peu longuement avec vous. Dites-moi, ces vieux animaux de Houang, sont-ils encore en vie ?

— Ils se portent bien. Mais ils sont pauvres, il n'est pas possible de l'être davantage. Oh ! Seigneur, maintenant que vous êtes parmi les riches et les puissants, ne vous rappellerez-vous pas que vous êtes leur gendre ? »

Ho donna un coup de poing sur la table et dit :

« Si vous ne m'aviez offert un bol de riz et

pris en pitié, je n'aurais même pas eu la possibilité de regagner mon village natal quand j'ai été éconduit par eux. Oui, maintenant, j'aimerais les revoir, mais pour marcher sur leurs corps. Ah ! il est bien question de penser en gendre ! »

Tout en continuant à parler, il avait des accès de hargne, et se mettait à frapper du pied et à lancer des invectives. Si bien que sa femme, indignée, lui dit :

« S'ils ne sont pas généreux, du moins sont-ils mes parents. Je suis arrivée à toi si péniblement et de si loin, les mains couvertes de gerçures, les pieds transpercés, je me considère comme n'ayant pas de tort envers toi. Alors pourquoi maudis-tu mon père en ma présence ? C'est difficile à supporter. »

Ho se leva en colère et sortit. Mme Houang était pâle. Honteuse, abattue, elle décida de prendre congé. Sa fille lui remit en cachette vingt pièces d'or. Après son départ, elles n'eurent plus aucun rapport, mais Yin était très préoccupée de ses parents au fond de son cœur. Ho finit par céder longtemps après et les envoya quérir.

Ils arrivèrent pleins de regrets et de remords ; ils ne savaient plus comment se comporter. Ho s'excusa :

« Vous avez bien voulu venir, il y a quelques années, mais vous ne m'aviez pas mis au courant.

C'est pourquoi, ignorant votre présence, je vous ai terriblement offensés. »

Houang ne pouvait que balbutier. Son gendre lui fit remettre vêtements et chaussures. Sa femme et lui séjournèrent un long mois, sans que le vieillard arrivât jamais à se sentir à l'aise. À plusieurs reprises, il parla de rentrer. Ho lui fit don de cent onces d'or en disant :

« Le marchand de l'Ouest en avait offert cinquante. Aujourd'hui, je double la somme. »

Houang, le visage couvert de sueur, l'accepta. Ho les fit reconduire chez eux en voiture. Leur vieillesse s'écoula dans l'aisance.

Tr. : Mme Kaltenmark.
Rv. : M. Ruhlmann.

La demoiselle Mei

Un certain Fong Yun-t'ing, originaire de T'ai-hang[1], qui d'aventure s'était rendu au chef-lieu du district, se reposait dans la chambre qu'il avait louée. Il faisait grand jour. Veuf mais encore jeune et se sentant seul, Fong songeait et, s'étant mis à fixer l'un des murs de sa chambre, il y vit, comme dans un tableau, l'image d'une jeune fille. Il pensa d'abord que cela devait être un effet de son imagination. Mais l'image restait là sans bouger et sans disparaître. Trouvant la chose étrange, il se leva pour la regarder de près et l'image devint un être réel. Il s'approcha encore, c'était bien une jeune fille. Elle avait l'air éploré, sa langue sortait de sa bouche et une corde entourait son cou délicat. Fong stupéfait ne cessait de la regarder tandis qu'elle semblait peu à peu s'approcher en descendant

1. Chaîne de montagnes de la province du Chansi.

du mur. Il comprit alors qu'il s'agissait du fantôme d'une femme pendue mais comme il faisait jour, il conserva son calme et c'est sans crainte qu'il lui adressa la parole :

« Demoiselle, si vous avez subi quelque grande injustice, je vous aiderai de toutes mes forces. »

L'image qui venait du mur répondit : « Nous nous rencontrons par hasard comme des herbes aquatiques au fil de l'eau, comment, seigneur, oserais-je déjà vous demander de me secourir ? Pourtant, mes os se dessèchent "sous les sources[1]", ma langue ne peut reprendre sa place. Enfin je ne puis me débarrasser de cette corde. Si vous vouliez bien briser et brûler la poutre qui la retient, votre bonté serait immense. »

Fong promit ce qui lui était demandé et l'image disparut. Il appela alors le maître du logis qui, à ses questions, répondit ainsi :

« Il y a dix ans, cette demeure était celle de la famille Mei. Une nuit, un voleur y entra et fut surpris par Mei qui le fit conduire au "Tien-che" chargé de la police[2]. Le Tien-che, qui avait reçu

1. Les sources jaunes, c'est-à-dire les Enfers.

2. Nom de fonctionnaire, créé sous la dynastie des Yuan, conservé sous la dynastie des Ming et celle des Ts'ing : c'est un des subordonnés d'un sous-préfet. Sous la dynastie des Ming, le Tien-che a la charge des dépêches officielles ; sous la dynastie des Ts'ing, le Tien-che a mission de diriger la prison d'une sous-préfecture et d'appréhender les malfaiteurs.

du voleur une somme de 300 sapèques, accusa faussement la demoiselle Mei d'être la maîtresse dudit voleur.

« Apprenant qu'on allait l'arrêter et l'interroger, la jeune fille se pendit. Puis les Mei, mari et femme, moururent l'un après l'autre et leur maison m'échut. Ceux qui y passent y voient des choses étranges, bizarres, auxquelles aucun art n'a pu mettre fin. »

Fong rappela alors les paroles du fantôme au propriétaire qui fit le compte de ce que coûterait la destruction et le remplacement de la poutre et, trouvant la dépense trop considérable, ne voulut pas y consentir. Mais Fong paya une partie des frais et, lorsque les travaux furent terminés, il réintégra son logis. Le même soir, la jeune fille Mei, pleine de joie et toute gracieuse, vint le remercier.

Fong, aussitôt amoureux, ne demandait qu'à lui prouver sa passion mais, confuse et fâchée à la fois, elle s'écria : « Si je vous écoutais, non seulement mon élément ténébreux et maléfique vous serait néfaste mais toutes les eaux de la rivière de l'Ouest ne sauraient effacer la souillure que j'ai subie de mon vivant. Nous nous retrouverons un jour, mais le temps n'est pas encore venu. »

Fong lui demanda quand viendrait ce temps et elle rit sans lui répondre. Il la pria de boire avec lui mais elle refusa. Fong dit alors : « Comment me suffirait-il de contempler tristement votre beauté ?

— Lorsque je vivais, dit la jeune fille, je ne savais bien jouer qu'au Ta ma[1] mais on ne peut y jouer à deux. Pour passer cette longue nuit, jouons plutôt aux "fils croisés". » Fong accepta. Les genoux rapprochés, s'escrimant des doigts, variant les enchevêtrements des fils, ils jouèrent longtemps. Fong, désorienté, n'arrivait pas à suivre le jeu de la jeune fille qui lui indiquait chaque fois d'un mot ou d'un signe du menton ce qu'il devait faire. Plus ils jouaient, plus les figures du jeu devenaient compliquées et variées à l'infini.

« C'est que c'est un jeu de femmes, dit en riant Fong qui perdait toujours.

— Non, c'est que je suis vive, repartit-elle. Avec deux fils on peut toujours faire un motif mais les gens ne le trouvent pas. »

La nuit s'avançait et tous deux commençaient à être las. Fong pressa la jeune fille de se reposer mais elle lui dit :

« J'appartiens à l'au-delà et je ne dors jamais. Mais vous, reposez-vous. Je sais l'art des massages, je vais mettre toute mon habileté à vous procurer un sommeil paisible. » Fong y ayant

1. Littéralement « frapper des chevaux ». D'après les légendes chinoises, ce jeu fut inventé par Lao-tseu. Il comporte 360 pièces et se joue de préférence à trois.

consenti, la jeune fille le massa doucement, tour à tour avec chaque paume, du sommet de la tête jusqu'aux talons et partout où passaient ses mains, il éprouvait jusque dans ses os une profonde ivresse.

Puis elle lui tapota doucement le corps comme si ses poings étaient des boules de coton et c'était une sensation inexprimable ; quand elle atteignit ses reins, ses yeux se fermèrent tout seuls, sa bouche s'entrouvrit et quand elle toucha ses cuisses, il tomba dans un profond sommeil.

Lorsqu'il s'éveilla, il était près de midi. Il ne s'était jamais senti aussi souple et aussi léger et il en éprouva encore plus d'amour et de désir pour la jeune fille. Il l'appela tout autour de lui sans recevoir de réponse.

Elle ne reparut que vers le soir. Fong lui demanda alors : « Où logez-vous donc ? Je vous ai appelée partout.

— Les esprits n'ont pas de demeure fixe ; ils habitent sous terre, c'est tout. »

Fong lui ayant demandé si les esprits logeaient dans les crevasses du sol, elle répondit :

« Les esprits ne voient pas plus la terre que les poissons ne voient l'eau. »

Fong lui saisit les mains en s'écriant :

« Si vous viviez, je me ruinerais pour vous.

— C'est bien inutile », dit la jeune fille en riant.

Jusqu'à minuit, ils jouèrent comme la veille. Puis Fong la pressa de lui céder.

« Laissez-moi ! Vous avez depuis peu pour voisine du côté nord une chanteuse nommée Ai K'ing[1], comme moi originaire du Tchökiang ; elle est très séduisante. Demain soir, je vous l'amènerai à ma place, qu'en pensez-vous ? »

Fong y consentit et, le lendemain, la jeune fille revint avec une jeune femme d'une trentaine d'années, qui jeta à Fong des regards pleins de sous-entendus. Tous trois s'assirent les uns près des autres et se mirent à jouer au Ta ma. La partie finie, la jeune fille se leva et dit : « Nous voici trop nombreux pour cette agréable réunion, je me retire. » Fong voulut la retenir mais elle s'évanouit promptement.

Fong et la jeune femme gagnèrent le lit et se livrèrent au plaisir. Puis Fong interrogea la jeune femme sur sa famille mais elle ne lui répondit qu'à demi et à mots couverts : « Si tu m'aimes, frappe légèrement le mur nord de ta chambre et prononce à voix basse "Hou-lou-tseu[2]", et j'accourrai aussitôt. Si je ne réponds pas à trois appels, c'est que je ne puis venir, il ne faut pas insister. » À l'aube, la jeune femme disparut en se glissant dans une crevasse du mur nord.

1. Le nom signifie : « Je vous aime ».
2. Calebasse.

Le lendemain, la demoiselle Mei parut et Fong lui demanda où était Ai K'ing. « Le jeune seigneur Kao l'a appelée pour accompagner ses invités à boire, aussi ne peut-elle venir ce soir. »

Alors, ayant mouché la chandelle, ils parlèrent. La jeune fille avait quelque chose à lui confier mais à peine ouvrait-elle la bouche qu'elle s'arrêtait et aux questions pressantes de Fong se contentait de soupirer et de sangloter sans répondre.

Fong la força alors à jouer aux fils croisés jusqu'à la quatrième veille[1], après quoi elle s'en alla. Dès lors, les deux jeunes femmes vinrent souvent et les rires duraient parfois jusqu'au matin si bien que tous les gens de la ville surent bientôt à quoi s'en tenir.

Or le Tien-che, chef de la police, était lui aussi originaire de la province du Tchökiang. Son épouse légitime, coupable d'adultère avec un domestique, avait été répudiée et il s'était remarié avec une jeune fille de la famille Kou. Tous deux étaient très heureux. Cependant, un mois plus tard, la jeune femme était morte et le Tien-che en avait éprouvé un grand chagrin. Ayant entendu dire que Fong avait commerce avec des ombres, il voulut lui demander d'évoquer celle de son épouse. Il s'en fut donc à cheval

1. Vers deux heures du matin.

chez Fong qui refusa d'abord de le recevoir mais il le supplia tant que Fong l'invita à un grand souper et lui promit d'y faire venir l'esprit de la chanteuse. Au crépuscule, Fong heurta le mur et appela trois fois. Avant le troisième appel, Ai K'ing parut tout à coup. En levant la tête, elle aperçut l'invité, changea de couleur et voulut s'enfuir. Fong, les bras écartés, essaya de lui barrer la route. Le Tien-che, l'ayant regardée avec attention, entra dans une grande colère et, saisissant un grand plat, le lança vers Ai K'ing qui disparut. Fong, stupéfait, ne comprenait rien à ce qui se passait. Comme il allait poser une question, une vieille femme apparut soudain dans la pièce obscure. Elle se mit à crier : « Voleur cupide et vil, vous avez abîmé "mon arbre à sapèques[1]", je veux trente ligatures[2] en dédommagement. » Sur quoi, elle se mit à frapper de son bâton le crâne de l'invité. Le chef de la police se protégeait de ses bras en suppliant : « C'est une fille de la famille Kou, c'est ma femme. Elle est morte toute jeune. Je la pleurais et ne pensais pas qu'elle dût cesser

1. Terme courant même à l'époque actuelle, littéralement : « l'arbre qui produit de l'argent », c'est une des appellations des prostituées, la matrone gagnant de l'argent grâce au travail des prostituées de sa maison.

2. Une ligature = 1 000 sapèques ou un tael (36 g) d'argent.

d'être chaste en devenant un esprit. Elle n'a rien à faire avec vous. »

La vieille reprit avec colère : « Vous n'étiez rien qu'un mauvais drôle du Kiang-tchö[1], vous avez acheté une "ceinture de corne noire[2]" et vous voici relevant le nez[3] ! Vous vous dites fonctionnaire et vous ne savez même pas distinguer le noir du blanc ! Qui a sur lui 300 sapèques devient votre père, vous irritez les esprits, vous irritez les hommes, votre heure est proche. Vos parents ont supplié le Ministre des Enfers afin que leur belle-fille chérie entre dans le "pavillon vert[4]" et rachète ainsi votre corruption ! Ne le savez-vous pas ? »

La-dessus, elle recommença à le frapper. L'homme criait à fendre l'âme. Fong stupéfait ne savait comment le sauver. Soudain la demoiselle Mei parut, les yeux exorbités, la langue pendante, le visage décoloré. S'approchant de l'invité, elle lui perça l'oreille avec une longue épingle. Fong, au comble de l'effroi, cherchait à le protéger en se plaçant devant lui mais la colère de la jeune fille ne s'apaisait point.

Fong essaya de la raisonner : « Quels que

1. Les deux provinces du Kiangsou et du Tchökiang.
2. Le sens de la phrase est : « Vous avez obtenu ce poste par corruption et non pas par vos capacités.»
3. Plein d'orgueil.
4. Maison close.

soient les crimes de cet homme, il est mon hôte ; s'il meurt ici, j'en porterai la responsabilité. Je vous en prie, rappelez-vous le proverbe : "En lançant un objet contre une souris on casse ce qui est à côté." » Alors la jeune fille retint la vieille en lui disant : « Arrêtez-vous un instant, songez à Fong par égard pour moi. » L'invité, terrifié, fila comme un rat. Arrivé à son Yamen, il fut pris de violents maux de tête et à minuit il était mort.

La nuit suivante, la jeune fille reparut et dit en riant : « Me voici satisfaite et je n'ai plus ni haine ni colère. »

Fong lui demanda pourquoi et elle reprit : « Je vous ai déjà conté que contre 300 sapèques l'on m'avait calomniée et accusée de dévergondage. J'ai longtemps ravalé ma haine ; plusieurs fois j'ai voulu vous demander de me venger mais je ne l'ai pas osé. J'avais honte de n'avoir rien fait pour vous et chaque fois mes paroles sont restées en chemin. En entendant le bruit d'une dispute, j'ai écouté en me cachant, je ne pensais pas qu'il s'agissait de mon ennemi.

— Était-ce donc celui qui vous avait calomniée ? demanda Fong, surpris.

— Il est depuis dix-huit ans Tien-che de cet endroit et il y a seize ans que j'ai péri injustement. »

Fong demanda qui était la vieille. Il lui fut répondu que c'était une ancienne prostituée. Il s'informa aussi de Ai K'ing. « Elle a dû s'aliter, dit la demoiselle Mei, qui poursuivit en riant : Je vous avais dit que nous serions réunis un jour. Ce jour n'est plus très loin. Vous étiez prêt à vous ruiner pour moi, vous en souvenez-vous ? »

Fong répondit : « Mon cœur est toujours le même. »

La jeune fille reprit alors : « Je vais vous dire toute la vérité. Le jour même de ma mort, je suis née de nouveau dans la famille du licencié Tchan de Yen-an[1] mais, ma vengeance n'étant pas satisfaite, je me suis attardée ici jusqu'à présent. Faites, je vous en prie, un sac à fantôme avec une pièce de soie neuve afin que je puisse vous accompagner. Vous me demanderez en mariage à monsieur Tchan et il y consentira sûrement. »

Fong, pensant que le rang du licencié était beaucoup plus élevé que le sien, craignait un refus mais la jeune fille lui dit : « Allez et ne vous inquiétez point. » Fong lui obéit tandis qu'elle ajoutait : « En route prenez soin de ne point m'appeler. Le soir des noces, vous passerez le sac sur la tête de la nouvelle épouse en criant : "Souvenez-vous, souvenez-vous." » Fong promit. Il fit faire un sac et, dès qu'il l'ouvrit, la jeune fille se précipita à l'intérieur. Alors il partit pour

1. Au nord de la province du Chensi.

Yen-an. Là il apprit qu'il existait en effet un licencié nommé Tchan. Celui-ci avait une fille belle de visage mais tout à fait inintelligente et qui avait par surcroît l'habitude de laisser souvent pendre sa langue, comme les chiens qui halètent quand il fait chaud. À seize ans nul ne s'en était enquis en vue de possibles fiançailles et ses parents en étaient malades de chagrin.

Fong, parvenu devant leur porte, fit remettre sa carte de visite ; les noms de famille furent échangés, puis il se retira, confiant à une intermédiaire le soin de continuer les pourparlers.

Tchan, ravi, installa Fong chez lui en qualité de futur gendre mais sa fille était si stupide qu'elle n'arrivait même pas à accomplir les rites de la cérémonie et deux servantes durent la soutenir et l'amener dans la chambre nuptiale. Les servantes parties, la fille découvrit sa poitrine et sourit stupidement à son mari. Fong renversa alors le sac en criant ce qu'il lui avait été demandé. La nouvelle mariée se mit alors à le fixer avec attention d'un air à la fois soupçonneux et songeur.

Fong lui dit en riant : « Ne me reconnaissez-vous pas ? » Puis il leva le sac et le lui montra. Alors elle comprit, se couvrit rapidement la poitrine et tous deux se mirent à rire et à boire joyeusement.

Le lendemain matin, Fong rendit visite à

son beau-père qui voulut le réconforter en lui disant : « Ma fille est stupide et ignorante mais puisque vous avez bien voulu vous charger d'elle, je vous adresserai aussi des servantes de la maison ; beaucoup sont intelligentes. »

Fong protesta de toutes ses forces, assurant que la mariée n'était pas du tout sotte mais Tchan ne se montra pas convaincu. Bientôt la mariée parut et à la grande surprise de son père se présenta très bien et sourit avec beaucoup de grâce. Le père l'interrogea longuement mais elle se déroba, pleine de confusion. Fong résuma alors l'histoire à son beau-père. Tchan, tout heureux, s'attacha davantage à son gendre, il le fit étudier en même temps que son fils Ta-tch'eng[1] et le traita généreusement.

Au bout d'un an, Ta-tch'eng se mit peu à peu à détester et à mépriser son beau-frère et les deux hommes ne purent plus se supporter. Les serviteurs commencèrent aussi à critiquer à l'excès les défauts de Fong. La calomnie fit goutte à goutte son chemin dans l'esprit de Tchan qui traita son gendre avec moins d'égards.

La jeune femme, qui s'en aperçut, bientôt dit à Fong : « Un gendre ne doit pas rester trop longtemps chez son beau-père sous peine d'être méprisé. Il faut vite rentrer chez nous avant de

1. « Grande réussite ».

nous brouiller complètement avec ma famille. » Fong jugea qu'elle avait raison. Tchan, qu'il avertit de son départ, voulut retenir sa fille mais celle-ci s'y refusa à la grande colère du père et du frère qui ne mirent à sa disposition ni chevaux, ni voitures. Elle prit donc de l'argent de sa dot pour louer des montures.

Par la suite, Tchan insista encore pour que sa fille revînt rendre visite à ses parents mais elle s'y refusa avec obstination. Ce n'est que lorsque Fong reçut à son tour le grade de licencié que les deux familles se réconcilièrent.

Tr. : M. Tchang Fou-jouei.
Rv. : M. Mme Guillermaz.

Houa-kou-tseu

An Yeou-hing, lettré du Chensi, admis à se présenter aux examens inférieurs, était un homme généreux qui prenait sa joie à libérer les animaux en danger de mort. Quand il rencontrait des chasseurs qui avaient capturé un gibier, il n'hésitait pas à le leur acheter à gros prix pour le libérer. Or, il lui arriva de perdre son oncle et il se rendit aux funérailles pour tenir le cordon du cercueil. En rentrant de l'enterrement le soir, il s'égara sur le chemin du mont Houa, dans une vallée obscure ; il avait très peur, quand il aperçut soudain, à une portée de flèche, une lumière. Il courut dans cette direction, et, après quelques pas, découvrit un vieillard tout courbé, appuyé sur un bâton, qui se hâtait sur un sentier de traverse. Il s'arrêtait pour lui parler, quand le vieillard lui adressa le premier la parole :

« Qui es-tu ? »

An lui expliqua qu'il s'était perdu, qu'il supposait qu'il y avait un hameau de montagne là où il avait aperçu de la lumière et qu'il avait l'intention de s'y rendre pour la nuit.

« Ce n'est pas là un village de tout repos, dit le vieil homme. Tu as de la chance de m'avoir rencontré. Suis-moi. Dans ma chaumière, tu pourras trouver asile. »

An, tout réjoui, le suivit pendant plus d'un li ; après quoi ils aperçurent un petit hameau. L'homme frappa à la porte d'une masure. Une vieille femme se montra et ouvrit la porte en disant :

« Est-ce le jeune seigneur qui arrive ?

— Lui-même », dit le vieux.

Là-dessus, ils pénétrèrent dans un réduit étroit et humide. Le vieux donna de la lumière et invita An à prendre place ; puis il demanda qu'on voulût bien leur préparer à manger car, expliqua-t-il, « celui-ci n'est pas n'importe qui, il est mon bienfaiteur ». La maîtresse de céans, qui était impotente, appela : « Houa-kou-tseu, viens offrir du vin. » Bientôt une jeune fille entra, porteuse d'un plateau garni de nourriture. Tandis qu'elle se tenait debout à côté du vieillard, An jetait, à la dérobée, des clins d'œil rapides sur son visage parfumé, ses dents étincelantes de blancheur : on eût presque dit une Immortelle ! Le vieux se tourna vers elle et lui demanda d'aller tiédir le vin. À l'angle ouest de la maison il y avait un petit fourneau ; la jeune fille s'y rendit pour attiser le feu. Alors An les questionna :

« Qu'est-elle pour vous ?

— Mon nom est Tchang. J'ai soixante-dix ans et je n'ai que cet enfant. Comme je n'ai pas de domestiques et parce que c'est vous, je me permets de laisser paraître devant vous ma femme et ma fille. J'espère que vous n'en rirez pas de moi. »

An lui demanda de quel village était son gendre.

« Je n'en ai pas encore », répondit-il.

An le loua très fort d'avoir une fille aussi belle et aussi intelligente. Le père protestait par modestie, quand, soudain, la fille poussa un cri de frayeur. Il se précipita à l'intérieur ; le vin bouillait au milieu de grandes flammes. Tout en éteignant le feu, le vieillard réprimanda la fille : « Vieille esclave, tu ne sais donc pas la différence entre le chaud et le froid. » Puis il se retourna et vit près du poêle une figurine inachevée, taillée dans un tubercule. Il la gourmanda à nouveau :

« Ah mais ! à ton âge ! tu fais du modelage comme un petit enfant. » Et se tournant vers An : « Elle affectionne ce jeu au point de laisser le vin bouillir à gros bouillons… Faire ça au moment où un seigneur t'honore de ses éloges ! N'es-tu pas honteuse à en mourir ? »

An demeurait figé devant la statuette et en examinait minutieusement les yeux, les sourcils, les vêtements. C'était une œuvre excellente… dont il chanta les louanges.

« Voilà qui est proche d'un jeu d'enfant, mais qui témoigne également d'un talent peu commun. »

La jeune fille eut de nombreuses occasions de revenir leur verser du vin, à chaque nouveau toast qu'ils échangeaient. Elle se montrait gracieuse et souriante, sans aucune timidité. An, le cœur bouleversé, la contemplait avec émerveillement. Il profita d'un moment où le vieux, appelé par sa femme, s'était absenté, pour lui glisser : « Quand je fixe votre visage d'Immortelle, mon âme s'égare. Ah ! que n'y a-t-il un entremetteur pour qu'il puisse transmettre ma demande en mariage ! » La fille, qui s'était saisi du pichet, demeurait face au feu, muette, comme si elle n'avait rien entendu. Il la questionna à plusieurs reprises mais n'obtint pas de réponse. Et comme le jeune homme s'avançait peu à peu, elle se leva d'un air sévère : « Jeune homme téméraire qui pénétrez dans la pièce intérieure, qu'allez-vous faire ? » Se jetant à genoux, il se fit suppliant. Elle se précipita sur la porte pour s'échapper, mais il s'était levé d'un bond pour l'en empêcher. Au paroxysme de la passion, il se permit de la toucher[1]. Au cri perçant que poussa la jeune fille, le vieillard surgit. An lâcha sa main et s'écarta, honteux et effrayé. Le plus posément du monde, la jeune fille expliqua à son père : « La boisson a débordé encore une fois ; si le jeune seigneur n'était arrivé à mon aide, le récipient aurait certainement fondu. » En entendant ces paroles, An fut enfin rassuré et encore plus admiratif. Son âme était en déroute, mais il cacha ce qu'il avait dans le cœur, et, simulant l'ivresse, quitta la pièce. La jeune fille fit de même. Le vieillard, après avoir préparé le lit, partit en poussant la porte derrière lui.

Mais An ne ferma pas l'œil de la nuit. Dès avant l'aube, il appela ses hôtes pour leur faire ses adieux. Rentré chez lui, il pria quelques-uns de ses amis de se rendre à la chaumière faire la demande en mariage. À la fin de la journée, ils s'en revinrent sans avoir réussi à trouver la demeure et le village. Alors An ordonna à son valet de seller son cheval pour aller lui-même à la recherche de la route. Il atteignit des pentes escarpées, où se dressaient des pics très élevés : il n'y avait plus trace du village. Dans les parages, quand il s'enquit de la famille Tchang, il lui fut répondu que ce nom était très rare dans le pays.

1. La morale traditionnelle interdisait strictement tout contact, même des mains, entre un homme et une femme.

Désespéré, il s'en revint, mais il avait perdu l'appétit et le sommeil et il tomba dans un état de grande confusion mentale. On lui faisait prendre de force du potage au riz qui lui donnait des hoquets et qu'il était toujours sur le point de vomir. Dans les moments de délire, il appelait Houa-kou-tseu. Son entourage ne comprenait pas, mais ne relâchait pas sa surveillance, car son état devenait extrêmement grave.

Une nuit, alors que ses gardiens harassés s'étaient endormis, le jeune homme, dans sa demi-conscience, sentit que quelqu'un le frôlait et le secouait légèrement. Il entrouvrit les yeux : Houa-kou-tseu se tenait au pied de son lit. Sans qu'il sût comment, son esprit était redevenu clair et lucide. Il regardait intensément la jeune fille. Son visage était baigné de larmes. Houa-kou-tseu, penchant la tête, lui dit gaiement : « Petit sot, comment en es-tu arrivé là ? » Puis, grimpant sur le lit, elle s'assit sur les jambes de An, et des deux mains, elle lui frottait les tempes, tandis qu'un parfum de musc emplissait les narines du jeune homme et pénétrait jusqu'à ses os. Elle continua le massage quelques instants, et soudain, il sentit la sueur couvrir son front et gagner peu à peu son corps et ses membres. Elle chuchota : « Il y a beaucoup de monde dans la maison, il ne m'est pas facile de rester. Dans trois jours, je reviendrai vous voir. » Elle sortit de sa poche plusieurs galettes cuites à la vapeur et les disposa à son chevet, puis elle s'en alla tout tranquillement.

Au milieu de la nuit, An cessa de transpirer et il songea à manger les galettes. En les prenant en main pour y mordre il ne savait de quel mets elles étaient fourrées, mais leur saveur sucrée était si extraordinaire qu'il en termina trois, puis il dissimula les autres sous son vêtement, et il s'endormit d'un sommeil d'ivresse. Quand il s'éveilla enfin dans la matinée, il était comme allégé d'un lourd fardeau.

En trois jours, il eut achevé tous les gâteaux, et comme ses forces avaient décuplé, il renvoya et dispersa les gens de la maison. Craignant en outre que la jeune fille ne pût pas pénétrer jusqu'à sa chambre, il alla en cachette enlever tous les cadenas et les clefs.

En effet, peu de temps après, elle se présenta et, riant : « Alors, monsieur le sot n'a pas de remerciement pour sa magicienne ? » An, fou de joie, s'empara d'elle. Ils s'étreignirent avec tendresse. Après qu'ils se furent aimés un long moment, elle lui dit : « Si moi, votre servante, en bravant le danger, je viens de me couvrir d'ignominie, c'est pour vous témoigner ma reconnaissance. En vérité, il ne nous sera pas possible de réaliser pour toujours l'harmonie de la cithare et du luth, car, hélas, il faudra envisager bientôt notre séparation. »

Pendant un long moment, An resta sans parole, puis il l'interrogea :

« Alors que je nous croyais des inconnus l'un pour l'autre, quel est donc l'endroit où j'avais fait la connaissance de ta famille ? Je ne puis vraiment pas m'en souvenir. »

La jeune fille ne répondit pas. Puis, elle dit : « Réfléchissez. »

Il parla encore avec insistance d'unir leurs destinées.

« Cela fait bien des fois, dit-elle, que j'ai couru ici dans la nuit, cela ne peut durer. D'autre part, il ne nous est pas possible de vivre ensemble comme mari et femme. »

An, en l'entendant parler ainsi, se laissait aller à sa détresse.

« Si tu tiens absolument à m'épouser, ajouta-t-elle, eh bien, dans la nuit de demain, viens chez nous. »

An sentit sa tristesse se changer en joie :

« Comment pouvez-vous, avec vos petits pas, faire ce si long trajet quand vous venez ? »

Elle dit : « Je ne suis pas retournée chez moi. À l'est d'ici habite une vieille dame sourde qui est ma tante. C'est pour toi que j'ai demeuré chez elle jusqu'à présent. Mais je crains que ma famille ne finisse par trouver cela étrange. »

Ils passèrent la nuit ensemble. An sentit son parfum le pénétrer. Il n'y avait plus un endroit de sa peau ni de sa chair qui n'en fût imprégné.

« Quel arôme as-tu donc distillé, qu'on en reste imbibé jusqu'aux os ?

— Je suis ainsi de naissance, dit-elle, ce n'est pas un artifice. »

An en fut d'autant plus émerveillé.

Elle se leva très tôt et parla de partir. Mais comme An craignait de s'égarer, elle lui promit de l'attendre sur la route.

Quand il y arriva dans la soirée sur son cheval, elle était en effet là à le guetter. Ensemble, ils gagnèrent la vieille maison où le vieillard et sa femme les accueillirent avec joie. Rien n'était bon dans le repas qu'on lui servit : on avait préparé tant bien que mal les légumes les plus ordinaires. On lui offrit l'hospitalité jusqu'au lendemain. Devant l'attitude de la fille qui ne le regarda pas une fois, des soupçons prirent corps en lui.

Elle se montra seulement au cœur de la nuit :

« Mes parents, lui dit-elle, n'en finissaient pas de bavarder sans aller se coucher, et maintenant te voilà las de m'avoir tant attendue. »

Ils passèrent ensemble tout le reste de la nuit.

« Notre réunion de cette nuit, soupira-t-elle, est le prélude à cent années de séparation. »

An, alarmé, la pressait de s'expliquer. Elle dit :

« Mon père trouve ce village trop isolé et va nous faire partir très loin, si bien que mon hymen avec toi prend fin ce matin même. »

C'était plus qu'An n'en pouvait supporter. Brisé par le chagrin, il laissait sa tête osciller de haut en bas.

Tandis qu'ils se livraient à leur véhémente passion, la nuit peu à peu s'était dissipée. Et soudain, le vieillard fit irruption dans la pièce. Il les maudissait : « Fille de rien qui a souillé la pureté de ma maison, tu apportes une honte que seule la mort peut effacer. » La jeune fille perdit contenance, et s'esquiva en courant. Le vieillard la poursuivit en la maudissant. Quant à An, effrayé, abattu, intimidé, il ne savait plus où se mettre. Il s'échappa de la maison à la dérobée. Pendant plusieurs jours, il erra dans la campagne ; puis, ne pouvant plus supporter sa peine, il songea à retourner de nuit à la chaumière. Il verrait ainsi ce qu'il convenait de faire pour en franchir le mur. Puisque le vieillard avait vraiment dit qu'il était son bienfaiteur, même s'il était découvert, le châtiment ne saurait être terrible. Il avançait, profitant de l'obscurité. Il trébuchait sans cesse sur les sentiers de montagne ; il finit par s'égarer, par ne plus savoir où le menaient ses pas. Pris de peur, juste au moment où il cherchait le chemin du retour, il aperçut vaguement des bâtiments dans la vallée. Rasséréné, il prit cette direction. C'était une demeure grandiose aux vastes portiques, sans doute celle d'une famille aristocratique. Comme la porte principale n'était pas encore verrouillée, An questionna le concierge pour savoir où habitait la famille Tchang. Un laquais sortit et demanda qui en pleine nuit venait s'inquiéter de la maison des Tchang.

« Nous sommes apparentés, expliqua-t-il, le hasard m'a fait perdre mon chemin, alors que je me rendais chez eux.

— Eh, jeune homme, dit l'autre, ne demandez pas les Tchang : ici, c'est la demeure de leur tante ; justement, Houa-kou-tseu s'y trouve, permettez-moi de vous annoncer. »

Et sans plus tarder, il s'éloigna ; puis revint presque aussitôt pour inviter An à entrer.

À peine celui-ci commençait-il à gravir les degrés de la galerie que Houa-kou apparaissait en courant. Elle l'accueillit tout en s'adressant au domestique :

« M. An, égaré, a couru toute la nuit, je pense qu'il doit être à moitié mort de fatigue. Vous pouvez préparer sa chambre afin qu'il puisse dormir. »

Un instant après, la main dans la main, ils se glissaient derrière la tenture. Comme An s'étonnait que la maison ne contînt aucun autre membre de la famille : « Ma tante s'est absentée, fit Houa-kou-tseu, et elle m'a demandé de garder sa demeure. Ah ! que je suis heureuse de retrouver mon jeune seigneur. Notre rencontre n'est-elle pas providentielle ! »

Mais au moment le plus intime, il sentit une répugnante odeur de bouc et de poisson qui lui parut bien étrange. La femme le tenait par le cou, et léchait avec sa langue l'intérieur de ses narines ; la succion pénétrait comme une épine jusqu'au cerveau de An. Terrorisé, il voulut anxieusement se dérober et s'enfuir, mais son corps était comme maintenu par de grosses cordes. Peu après, il perdit conscience.

An n'étant pas rentré chez lui, sa famille le fit chercher mais en vain. Quelqu'un dit qu'il avait été vu à la tombée de la nuit dans un sentier de montagne, ces gens s'avancèrent dans la montagne. L'on trouva son cadavre nu au pied d'une falaise, ce qui sema la peur et intrigua, sans que personne comprît ce qui était arrivé. Transporté dans sa demeure, chacun l'entourait en pleurant, quand une jeune demoiselle se montra pour présenter ses condoléances. Avant même d'entrer, elle poussait des cris déchirants ; elle posa la main sur le cadavre et tâta son nez. Ses yeux pleuraient, son nez coulait :

« Ô ciel, ô ciel, s'écria-t-elle, comment peut-on

être stupide à ce point ? » Elle ne put poursuivre, la voix étouffée par de douloureux sanglots. Quand ce fut fini, au bout d'un moment, elle dit aux gens de la maison : « Laissez passer une semaine. Ne faites pas de mise en bière. » Comme personne ne savait qui elle était, on s'apprêtait à juste titre à le lui demander. Mais l'air arrogant, oublieuse des usages, elle avala ses larmes et sortit. On essaya de la retenir ; elle ne se retourna même pas. Quelques-uns la suivirent ; en un clin d'œil elle disparut à leurs yeux. Si bien que tous se demandaient si elle n'était pas un être surnaturel. Et prudemment, ils obéirent à ses objurgations. Elle revint à nouveau la nuit suivante et pleura tout comme le jour précédent.

La septième nuit, An soudain s'éveilla ; il se tournait de côté en gémissant, ce qui effraya à l'extrême son entourage. La femme entra ; tous deux se firent face en versant des larmes. An, d'un geste de la main, congédia tous les autres. La femme prit une poignée d'herbes de la montagne et prépara environ une pinte de bouillon qu'elle lui présenta. Un instant plus tard la parole lui revint :

« Toi seule, tu peux encore me tuer. Toi seule aussi tu peux me rendre la vie. »

Et il lui relata ce qui lui était arrivé. Elle dit :

« C'est l'esprit du Serpent qui se fait passer

pour moi. Quand tu as perdu ton chemin la première fois, cette lumière que tu as vue alors, eh bien, c'était lui.

— Comment peux-tu, dit An, ressusciter les morts et revivifier des os desséchés, si tu n'es une Immortelle ?

— Depuis longtemps, je voulais t'en avertir, mais je redoutais de faire naître une grande peur en toi. N'est-ce pas toi qui, il y a cinq ans passés, sur la route du Houa-chan[1], achetas un daim à un chasseur et lui rendis aussitôt la liberté ?

— C'était bien moi.

— Ce daim, c'était mon père. Tu sais maintenant pourquoi nous faisions allusion à ta grande vertu. Après ta mort, ton âme est allée renaître avant-hier dans la famille du secrétaire de seconde classe Wang dans le village de l'ouest. Mon père et moi avons intercédé pour toi auprès du dieu des Enfers. Celui-ci n'étant pas favorable, mon père a offert de renoncer aux mérites qu'il s'était acquis et de mourir à ta place. Nous avons supplié pendant sept jours ; la divinité s'est laissé fléchir, et maintenant, nous avons obtenu gain de cause. Quelle joie que notre rencontre d'aujourd'hui ! Quoique tu sois à nouveau vivant, tu demeureras paralysé, à moins que tu n'obtiennes le sang du serpent. Si

1. Montagne sainte du Chensi.

alors tu le mélanges à du vin et l'absorbes, ton mal sera éliminé. »

En entendant ces paroles, le jeune homme, tout à sa rancune, grinçait des dents, et il déplorait de ne connaître aucun stratagème qui lui permît de se saisir de son ennemi le serpent.

« Ce n'est pas difficile, expliqua-t-elle. Le seul ennui est l'obligation où nous sommes de détruire de nombreuses vies. Et ne devrais-je mourir qu'à cent ans, il me demeurera désormais impossible d'être agréée au Ciel… Écoute : son repaire est situé dans une excavation rocheuse hors d'âge. Qu'au milieu de l'après-midi on y brûle un tas d'herbes et que, par précaution, l'on se tienne au-dehors munis de flèches puissantes, alors pourra être anéantie cette créature néfaste. » Ayant achevé ces paroles, elle fit ses adieux et ajouta : « Je me sens incapable de t'aider plus avant. Ce que j'endure, en vérité, est atroce. Crois-moi : c'est à cause de toi seul que j'agis ainsi, mes mérites pour l'autre vie ont déjà diminué bien plus que de moitié. Sois charitable, accorde-moi ton pardon, j'en serai heureuse… Depuis un mois, je sens s'agiter en mon sein ce qui, je le crains, est le fruit de notre péché. Fille ou garçon, quand une année se sera écoulée, il me faudra te le remettre. » Le visage ruisselant de larmes, elle s'enfuit.

Le lendemain, An s'aperçut que le bas de son corps jusqu'à la taille était entièrement insensible. Aucun attouchement ne pouvait provoquer la moindre douleur ou la moindre démangeaison. Alors, il appela ses gens et leur fit connaître les paroles de la femme. S'y conformant ils se rendirent à la grotte des serpents et y mirent le feu. Un serpent énorme, blanc, bravant les flammes se déroula en jaillissant hors de l'entrée. Vite, les flèches sifflèrent de tous côtés et l'abattirent mort. Quand le feu fut éteint, les hommes pénétrèrent dans le repaire ; plusieurs centaines de serpents de toutes tailles gisaient à l'intérieur, tout grillés et puants.

Les serviteurs rentrèrent, chargés du sang du serpent. An en absorba pendant trois jours, après quoi ses deux jambes progressivement purent se mouvoir. Au bout de six mois, il se leva pour la première fois. Plus tard, alors qu'un jour il se promenait seul dans la vallée, il rencontra une vieille femme qui tenait dans ses bras un bébé emmailloté, enveloppé d'une natte et le lui remit en disant : « Ma fille t'adresse ses salutations. » Il était sur le point de demander des nouvelles quand elle disparut à ses yeux en un clin d'œil. An écarta les langes et constata que c'était un garçon. Il l'emporta chez lui. Jamais plus il ne prit femme.

Tr. : Mme Kaltenmark.
Rv. : M. Hervouet.

La femme à la veste verte

Le lettré Yu, originaire de Yi-tou[1], avait pour prénom King et pour nom d'apparat Siao-song. Il faisait ses études au monastère de la Source aux Eaux Savoureuses. Or une nuit, il ouvrit un livre et se mit à le psalmodier : soudain, une jeune femme parut sous la croisée et lui dit avec admiration : « Maître Yu, quel zèle dans tes études ! » Étonné, Yu se leva pour la regarder. Elle portait une veste verte et une très longue jupe. Sa beauté était exquise. Devinant qu'elle n'était pas un être humain, il insista cependant auprès d'elle pour savoir dans quel lieu elle habitait.

« Regarde-moi, lui répondit-elle, je ne dois pas avoir l'air d'un croquemitaine ni d'une ogresse, pourquoi t'acharner à m'interroger ? »

Yu tomba amoureux d'elle et ils dormirent sur

1. Yi-tou : nom d'une sous-préfecture du Chantong.

la même couche. Une fois enlevée sa veste de soie légère, elle avait la taille si fine qu'on l'enserrait facilement à deux mains. Comme la clepsydre de la nuit était sur le point de laisser tomber ses dernières gouttes, elle s'éloigna d'un pas léger. Dès lors il n'y eut de soir qu'elle ne vînt.

Un soir, comme ils buvaient et devisaient ensemble, elle se révéla merveilleusement instruite de la musique.

« Ta voix, dit-il, est belle, délicate ; en chantant un seul air, sans nul doute, tu pourrais faire perdre l'esprit à un homme.

— C'est justement pour ne pas te faire perdre l'esprit, répliqua-t-elle en riant, que je me garde de chanter. »

Et comme le jeune homme insistait :

« Tu sais que je ne te refuse rien, fit-elle, mais je crains d'être entendue par des oreilles indiscrètes. Tu l'exiges ? Je vais étaler devant toi toute mon ignorance. Mais permets-moi de ne chanter qu'à mi-voix pour toi seul ! »

Alors, battant la mesure de son pied minuscule, adossée au lit, elle se mit à chanter :

Sur l'arbre chante un passereau.
Il attire mes pas au cœur de la nuit.
Que m'importe si mes souliers brodés se mouillent ?
Ma seule crainte : que vous soyez sans compagne...

Elle chantait d'une voix ténue, tel un fil de soie, à peine perceptible mais distincte. À l'entendre dans le calme, ses modulations à la fois glissantes et ardentes, troublaient l'oreille et agitaient le cœur. La chanson achevée, elle ouvrit la porte et jeta un regard furtif. « Je crains qu'il n'y ait quelqu'un près des croisées », dit-elle. Après avoir contourné la maison en regardant avec attention de tous côtés, elle rentra.

« Qu'est-ce donc qui te cause une si profonde appréhension ? » lui demanda-t-il.

En souriant elle lui répondit : « Le proverbe dit bien qui dit : “Un fantôme qui a dérobé une vie craint toujours les importuns.” Voilà qui s'applique bien à moi. » Enfin ils allèrent se coucher. Effrayée, malheureuse, elle lui confia : « Le sort qui nous unit tous deux va-t-il toucher à sa fin ? »

Yu la pressait de questions.

« Mon cœur frémit, répondit-elle ; si mon cœur frémit, c'est que mon bonheur est épuisé.

— Un cœur qui frémit, des yeux qui papillotent, dit-il pour la consoler ; voilà qui est fréquent. Pourquoi me parles-tu brusquement de cela ? »

Elle fut un peu rassurée et, de nouveau, ils s'enlacèrent. La clepsydre ayant épuisé sa dernière goutte, elle jeta sa veste sur elle et descendit du lit.

Au moment d'ouvrir la porte, elle revint vers lui à petits pas hésitants.

« Je ne sais, lui dit-elle, quelle en est la raison, mais mon cœur est inquiet. Je t'en conjure, accompagne-moi dehors. »

Yu bien entendu se leva et la conduisit au-delà de la porte.

« Reste ici et suis-moi du regard, lui recommanda-t-elle. Ne rentre que lorsque j'aurai dépassé le mur. »

Il le lui promit et la vit disparaître derrière la véranda. Le silence tomba. Il ne l'apercevait plus. Prêt à rentrer chez lui, soudain, il l'entendit qui criait à l'aide – et avec quelle angoisse ! Il se précipita, mais il eut beau regarder autour de lui, il n'y avait aucune trace d'elle. C'était de l'auvent que venait la voix ; il leva les yeux, examina l'auvent : une araignée, grosse comme une balle, s'était saisie d'un insecte dont la voix se brisait à force d'avoir crié. Yu déchira la toile et fit descendre au bout d'un bâton la prisonnière qu'il délivra des liens dont elle était entourée : c'était une guêpe au corselet vert, sur le point de mourir. Il la prit dans sa main, rentra dans la chambre, la déposa sur la table où elle resta immobile un moment avant de reprendre vie ; elle réussit enfin à se mouvoir. Avec lenteur, elle grimpa au bord du creux de la pierre à broyer l'encre, elle se jeta dans l'encre, en ressortit et, rampant sur la table, par ses allées et venues, traça le caractère « Merci. » À plusieurs reprises elle battit des ailes. Puis, elle perça le papier de la fenêtre et s'envola. Dès lors, il ne la vit plus revenir.

Tr. : M. Li Tche-houa.
Rv. : M. Hervouet.

COLLECTION FOLIO 2€

Dernières parutions

5235. Carlos Fuentes	*En bonne compagnie* suivi de *La chatte de ma mère*
5236. Ernest Hemingway	*Une drôle de traversée*
5237. Alona Kimhi	*Journal de berlin*
5238. Lucrèce	*« L'esprit et l'âme se tiennent étroitement unis ». Livre III de « De la nature »*
5239. Kenzaburô Ôé	*Seventeen*
5240. P. G. Wodehouse	*Une partie mixte à trois* et autres nouvelles du green
5290. Jean-Jacques Bernard	*Petit éloge du cinéma d'aujourd'hui*
5291. Jean-Michel Delacomptée	*Petit éloge des amoureux du Silence*
5292. Mathieu Térence	*Petit éloge de la joie*
5293. Vincent Wackenheim	*Petit éloge de la première fois*
5294. Richard Bausch	*Téléphone rose* et autres nouvelles
5295. Collectif	*Ne nous fâchons pas ! ou L'art de se disputer au théâtre*
5296. Robin Robertson	*Fiasco ! Des écrivains en scène*
5297. Miguel de Unamuno	*Des yeux pour voir* et autres contes
5298. Jules Verne	*Une fantaisie du Docteur Ox*
5299. Robert Charles Wilson	*YFL-500* suivi du *Mariage de la dryade*
5347. Honoré de Balzac	*Philosophie de la vie conjugale*
5348. Thomas De Quincey	*Le bras de la vengeance*
5349. Charles Dickens	*L'embranchement de Mugby*
5350. Épictète	*De l'attitude à prendre envers les tyrans*
5351. Marcus Malte	*Mon frère est parti ce matin...*
5352. Vladimir Nabokov	*Natacha* et autres nouvelles
5353. Arthur Conan Doyle	*Un scandale en Bohême* suivi de *Silver Blaze. Deux aventures de Sherlock Holmes*

5354. Jean Rouaud	*Préhistoires*
5355. Mario Soldati	*Le père des orphelins*
5356. Oscar Wilde	*Maximes* et autres textes
5415. Franz Bartelt	*Une sainte fille* et autres nouvelles
5416. Mikhaïl Boulgakov	*Morphine*
5417. Guillermo Cabrera Infante	*Coupable d'avoir dansé le cha-cha-cha*
5418. Collectif	*Jouons avec les mots. Jeux littéraires*
5419. Guy de Maupassant	*Contes au fil de l'eau*
5420. Thomas Hardy	*Les intrus de la Maison Haute* précédé d'un autre conte du Wessex
5421. Mohamed Kacimi	*La confession d'Abraham*
5422. Orhan Pamuk	*Mon père* et autres textes
5423. Jonathan Swift	*Modeste proposition* et autres textes
5424. Sylvain Tesson	*L'éternel retour*
5462. Lewis Carroll	*Misch-Masch* et autres textes de jeunesse
5463. Collectif	*Un voyage érotique. Invitations à l'amour dans la littérature du monde entier*
5464. François de La Rochefoucauld	*Maximes* suivi de *Portrait de La Rochefoucauld par lui-même*
5465. William Faulkner	*Coucher de soleil* et autres Croquis de La Nouvelle-Orléans
5466. Jack Kerouac	*Sur les origines d'une génération* suivi de *Le dernier mot*
5467. Liu Xinwu	*La Cendrillon du canal* suivi de *Poisson à face humaine*
5468. Patrick Pécherot	*Petit éloge des coins de rue*
5469. George Sand	*La château de Pictordu*
5470. Montaigne	*De l'oisiveté* et autres Essais en français moderne
5471. Martin Winckler	*Petit éloge des séries télé*
5523. E.M. Cioran	*Pensées étranglées* précédé du *Mauvais démiurge*
5524. Dôgen	*Corps et esprit. La Voie du zen*
5525. Maître Eckhart	*L'amour est fort comme la mort* et autres textes

5526. Jacques Ellul — *« Je suis sincère avec moi-même »* et autres lieux communs

5527. Liu An — *Du monde des hommes. De l'art de vivre parmi ses semblables*

5528. Sénèque — *De la providence* suivi de *Lettres à Lucilius (lettres 71 à 74)*

5529. Saâdi — *Le Jardin des Fruits. Histoires édifiantes et spirituelles*

5530. Tchouang-tseu — *Joie suprême* et autres textes

5531. Jacques De Voragine — *La Légende dorée. Vie et mort de saintes illustres*

5532. Grimm — *Hänsel et Gretel* et autres contes

5589. Saint Augustin — *L'Aventure de l'esprit et autres Confessions*

5590. Anonyme — *Le brahmane et le pot de farine. Contes édifiants du Pañcatantra*

5591. Simone Weil — *Pensées sans ordre concernant l'amour de Dieu* et autres textes

5592. Xun zi — *Traité sur le Ciel* et autres textes

5606. Collectif — *Un oui pour la vie ? Le mariage en littérature*

5607. Éric Fottorino — *Petit éloge du Tour de France*

5608. E. T. A. Hoffmann — *Ignace Denner*

5609. Frédéric Martinez — *Petit éloge des vacances*

5610. Sylvia Plath — *Dimanche chez les Minton* et autres nouvelles

5611. Lucien — *« Sur des aventures que je n'ai pas eues ». Histoire véritable*

5631. Boccace — *Le Décaméron. Première journée*

5632. Isaac Babel — *Une soirée chez l'impératrice* et autres récits

5633. Saul Bellow — *Un futur père* et autres nouvelles

5634. Belinda Cannone — *Petit éloge du désir*

5635. Collectif — *Faites vos jeux ! Les jeux en littérature*

5636. Collectif — *Jouons encore avec les mots. Nouveaux jeux littéraires*

5637. Denis Diderot — *Sur les femmes* et autres textes

5638. Elsa Marpeau — *Petit éloge des brunes*
5639. Edgar Allan Poe — *Le sphinx* et autres contes
5640. Virginia Woolf — *Le quatuor à cordes* et autres nouvelles
5714. Guillaume Apollinaire — *« Mon cher petit Lou ». Lettres à Lou*
5715. Jorge Luis Borges — *Le Sud* et autres fictions
5716. Thérèse d'Avila — *Le Château intérieur. Les trois premières demeures de l'âme*
5717. Chamfort — *Maximes* suivi de *Pensées morales*
5718. Ariane Charton — *Petit éloge de l'héroïsme*
5719. Collectif — *Le goût du zen. Recueil de propos et d'anecdotes*
5720. Collectif — *À vos marques ! Nouvelles sportives*
5721. Olympe De Gouges — *« Femme, réveille-toi ! » Déclaration des droits de la femme et de la citoyenne* et autres écrits
5722. Tristan Garcia — *Le saut de Malmö* et autres nouvelles
5723. Silvina Ocampo — *La musique de la pluie* et autres nouvelles
5758. Anonyme — *Fioretti*
5759. Gandhi — *En guise d'autobiographie*
5760. Leonardo Sciascia — *La tante d'Amérique*
5761. Prosper Mérimée — *La perle de Tolède* et autres nouvelles
5762. Amos Oz — *Chanter* et autres nouvelles
5794. James Joyce — *Un petit nuage* et autres nouvelles
5795. Blaise Cendrars — *L'Amiral*
5796. Collectif — *Pieds nus sur la terre sacrée. Textes rassemblés par T. C. McLuhan*
5797. Ueda Akinari — *La maison dans les roseaux* et autres contes
5798. Alexandre Pouchkine — *Le coup de pistolet et autres récits de feu Ivan Pétrovitch Bielkine*
5818. Mohammed Aïssaoui — *Petit éloge des souvenirs*
5819. Ingrid Astier — *Petit éloge de la nuit*
5820. Denis Grozdanovitch — *Petit éloge du temps comme il va*
5821. Akira Mizubayashi — *Petit éloge de l'errance*
5835. F. Scott Fitzgerald — *Bernice se coiffe à la garçonne* précédé de *Le pirate de la côte*

5836. Baltasar Gracian	*L'Art de vivre avec élégance*
5837. Montesquieu	*Plaisirs et bonheur et autres pensées*
5838. Ihara Saikaku	*Histoire du tonnelier tombé amoureux*
5839. Tang Zhen	*Des moyens de la sagesse* et autres textes
5856. Collectif	*C'est la fête ! La littérature en fêtes*
5896. Collectif	*Transports amoureux. Nouvelles ferroviaires*
5897. Alain Damasio	*So phare away* et autres nouvelles
5898. Marc Dugain	*Les vitamines du soleil*
5899. Louis Charles Fougeret de Monbron	*Margot la ravaudeuse*
5900. Henry James	*Le fantôme locataire* précédé de *Histoire singulière de quelques vieux habits*
5901. François Poullain de La Barre	*De l'égalité des deux sexes*
5902. Junichirô Tanizaki	*Le pied de Fumiko,* précédé de *La complainte de la sirène*
5903. Ferdinand von Schirach	*Le hérisson* et autres nouvelles
5904. Oscar Wilde	*Le millionnaire modèle* et autres contes
5905. Stefan Zweig	*Découverte inopinée d'un vrai métier* suivi de *La vieille dette*
5935. Chimamanda Ngozi Adichie	*Nous sommes tous des féministes* suivi des *Marieuses*
5973. Collectif	*Pourquoi l'eau de mer est salée*
5974. Balzac	*Voyage de Paris à Java* suivi d'*Un drame au bord de la mer*
5975. Collectif	*Des mots et des lettres. Énigmes et jeux littéraires*
5976. Joseph Kessel	*Le paradis du Kilimandjaro* et autres reportages
5977. Jack London	*Une odyssée du Grand Nord* précédé du *Silence blanc*

Composition Cmb graphic
Impression Novoprint
à Barcelone, le 05 août 2015
Dépôt légal : août 2015

ISBN 978-2-07-046596-5./ Imprimé en Espagne.

287168